# 中华魂

ZHONGHUA HUN

百部爱国故事丛书

# 黄埔之英　民族之雄

## ——抗日名将戴安澜

唐亦玲　张冠雄　王　钊　编著

吉林人民出版社

**图书在版编目（CIP）数据**

黄埔之英 民族之雄：抗日名将戴安澜 / 唐亦玲，张冠雄，王钊编著 .-- 长春：吉林人民出版社，2011.3（2025.4 重印）

（中华魂·百部爱国故事丛书）

ISBN 978-7-206-07535-3

Ⅰ.①黄… Ⅱ.①唐… ②张… ③王… Ⅲ.①革命故事—中国—当代 Ⅳ.① I247.8

中国版本图书馆 CIP 数据核字 (2011) 第 032595 号

# 黄埔之英　民族之雄

## ——抗日名将戴安澜

HUANGPU ZHI YING　MINZU ZHI XIONG

——KANGRI MINGJIANG DAI ANLAN

编　　著:唐亦玲　张冠雄　王　钊

责任编辑:韩春娇　　　　封面设计: 孙浩瀚

制　　作:吉林人民出版社图文设计印务中心

吉林人民出版社出版 发行(长春市人民大街7548号　邮政编码:130022)

印　刷:北京一鑫印务有限责任公司

开　本:787mm×1092mm　　1/16

印　张:8　　　　字　数:64千字

标准书号:ISBN 978-7-206-07535-3

版　次:2011年3月第1版　　印　次:2025年4月第3次印刷

定　价:35.00元

# 总　序

《中华魂》是一套故事丛书。它汇集了我国自鸦片战争以来一百八十余年间的近百位民族英雄、仁人志士、革命领袖、先进模范人物的生动感人事迹，表现了他们作为中华儿女的伟大的爱国主义精神。

爱国主义是人们对于“生于斯、长于斯、衣食于斯”的祖国的一种神圣感情，是人们对于自己民族的一种强烈的责任感和使命感，是感召和激励整个中华民族的一面永不褪色的旗帜。在一百多年的中国近现代史上，爱国主义一直激励着中华儿女为祖国的独立、统一、进步和繁荣而英勇奋斗。从“苟利国家生死以，岂因祸福避趋之”的林则徐，到“我自横刀向天笑，去留肝胆两昆仑"的谭嗣同；从"铁肩担道义，妙手著文章"的李大钊，到"青春换得江山壮，碧血染将天地红"的赵一曼；从"县委书记的好榜样"的焦裕禄，到"问鼎长天，扬我国威"的邓稼先……都表现出了强烈的爱国主义精神。正是由于热爱祖国的人们前仆后继地奋斗，国家和民族才得以生存，才能够在一次次历史危急关头转危为安，走向兴盛和富强，从而屹立于世界民族之林。爱国主义是鼓舞中华儿女历经忧患、跨越沧桑、百折不挠、自强不息的伟大力量，它贯穿于中华民族的整个历史，并有力地凝聚着五洲四海的中国人。



爱国主义是一个历史的范畴，在社会发展的不同阶段、不同时期有不同的具体内容。革命时期，需要我们为祖国的独立自主出生入死；建设时期，需要我们为祖国的繁荣富强增砖添瓦。在全国各族人民团结一心，开启全面建设社会主义现代化国家新征程的今天，我们要争做一名新时期的爱国者。新时期的爱国者要有强烈的民族自尊心、自豪感。民族自尊心、自豪感是任何时期、任何爱国者都必须具备的情感。民族自尊心能增强我们自立向上的恒心，民族自豪感能树立我们建设祖国的信心。要树立“祖国高于一切”的崇高信念，为了祖国和人民的利益不惜抛却个人的利益，甚至不惜牺牲个人的生命。我们要树立终身学习的理念，拓宽自己的知识面，广泛吸收新知识、新技术，完善自身的知识结构，更新学习知识的方法与理念，从思想上、知识上充分武装自己，为祖国的繁荣昌盛贡献力量。

爱国主义思想的继承和发扬，是关系到民族盛衰、国家兴亡的根本问题。爱国主义思想情操的形成，需要不断地培养。培养爱国主义精神的一个重要途径是向英雄人物和典范事迹学习和致敬。这套丛书的出版，对于青少年向英雄和先进人物学习，特别是对于在中小学生中进行爱国主义教育是不可多得的生动的教材。祝愿此书出版发行成功，为培养时代新人作出贡献。

胡维革

中华魂

百部爱国故事丛书

外侮需人御，将军赋采薇。

师称机械化，勇夺虎罴威。

浴血东瓜守，驱倭棠吉归。

沙场竞殒命，壮志也无违。

——毛泽东《五律·海鸥将军千古》

# 目　录

中华魂 百部爱国故事丛书

ZHONGHUA HUN

# 首战古北口

在安徽省芜湖市内的小赭山之阳，有一座庄严肃穆的烈士陵墓。它面对滚滚不息的长江，背倚葱茏的山峦，掩映在青松翠柏之间，显得幽深静谧（mì）、肃穆庄严。墓前石碑上，镌刻着“戴安澜烈士墓”6个大字。左侧的石碑上刻写着毛泽东、周恩来、朱德和彭德怀、邓颖超题赠的挽诗、挽联和挽词。右侧的石碑上，是由芜湖市人民政府撰写的碑文，简要地介绍了戴安澜烈士的生平。那上面的字字句句似乎都在向每一位前来

戴安澜烈士墓

拜谒的人讲述着将军生前悲壮的事迹，描述着那血与火的年代，中华儿女不甘屈辱浴血奋斗、扬威异域的英雄气概和前仆后继、马革裹尸的现代悲歌。

1933年1月，日本关东军侵占长城门户山海关，随后兵分三路进攻热河（当时为一个省，后来撤销，所辖市、县分别划入内蒙古与河北）。3月初，热河沦陷，日军进逼长城各口，华北各地危在旦夕。

时任国民党第17军第25师145团团长的戴安澜，耳闻目睹日本侵略军疯狂侵吞我国大片领土，残杀我国同胞，愤恨不已。他决心跃马横刀，血战沙场，学习岳飞，精忠报国，收复失陷的大好河山，“洗雪我国六十年的宿耻。”

同年3月，戴安澜奉命率所部集结河北通县，旋即奉命赶往古北口增援守军东北军112师。接到命令后，戴安澜异常兴奋，投身行伍已近十年，终于可以一展宏图，直接给日本侵略者以打击了。

3月10日，日军向古北口发起进攻，戴安澜率第145团占领古北口南右侧高地，日军飞机轮番对我阵地进行疯狂轰炸。戴安澜率部经过一天激战，终于击退了日军的进攻。11日，敌人总攻古北口，主力指向145团，并从两翼包抄该团阵地，敌飞机和炮火更加猛烈，我阵地工事被炸得支离破碎，士兵们伤亡惨重，但在戴团长指挥下，第145团守住了阵地。12日，敌人的进攻更加凶猛，涂着血红太阳旗标志的日军飞机发疯般地把炸弹投向145团阵地，敌炮火的轰击密度更大，巨大的尖啸声和爆炸声响成一片。戴安澜组织全团官兵，打退了日军一次又一次的进攻。激战到下午3时，全线战况日渐恶化。为缩短战线，保持有生力量，以利再战，在与上级失去联络的情况下，戴安澜果断地下令部队撤退到第二道防线。在这次战役中，戴安澜所部官兵英勇顽强、前仆后继、浴血奋战，给敌人以严重杀伤，打出了军威、国威，深受爱国民众的敬仰。戴安澜在战斗中英勇负伤，但坚持不下火线，一直到战斗结束，后来国民政府授予他五等云麾勋章。

长城抗战古北口战役纪念碑

拓展阅读
TUOZHAN YUEDU

## 戴 安 澜

黄埔军校第三期步科学生戴安澜。

原名戴炳阳，字衍功，自号海鸥，1904年生于安徽省无为县。国民革命军第5军第200师师长，著名抗日将领，以远征缅甸闻名。

1924年受孙中山先生革命思想感召加入北伐军，1925年入黄埔军校第三期学习，为表达自己搏击长空、力挽狂澜之志，更名为安澜，立号海鸥。翌年参加北伐。

1933年，长城抗战爆发，戴安澜时任团长。古北口之战，戴安澜获得云麾勋章一枚。后升为旅长。1938年鲁南会战，率部与日军激战4昼夜，战功卓著而升任副师长。同年8月参加武汉会战后，升任第200师师长。1939年12月，在广西昆仑关与日军第五师团激烈鏖战，指挥有

方，重伤不下火线，击毙日军旅团长中村正雄少将，赢得著名的昆仑关大捷。

1942年3月，戴安澜率200师西出云南，远征缅甸。孤军深入，开进东瓜（即同古），逐次接替了英军的防务。为了掩护英军安全撤退，戴安澜率部日夜抢修工事，布下三道防线，阻击迟滞日军前进。他带头立下遗嘱，全师各级指挥官纷纷效仿，誓与东瓜共存亡。第200师以八千人挡住了日军精锐的第五十五师团两万余众的进攻，取得东瓜保卫战胜利，赢得中外赞赏。东瓜保卫战历时12天，第200师以高昂的斗志与敌鏖战，以牺牲800人的代价，打退了日军

拓展阅读 TUOZHAN YUEDU

20多次冲锋，毙、伤、俘敌5000多人，予敌重创，打出了国威。4月收复棠吉，再传捷报。

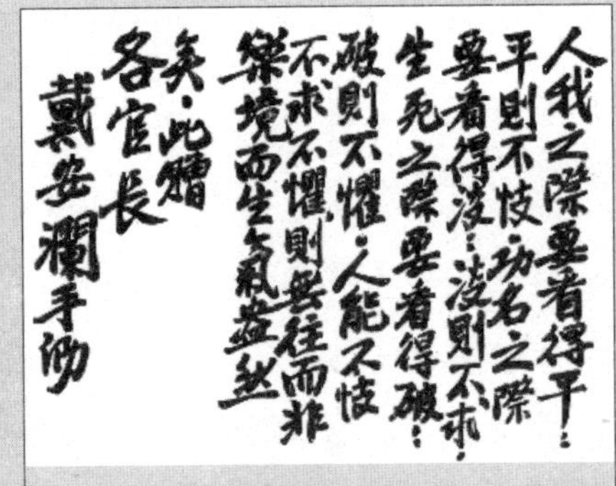

人我之際要看得平！平則不忮，功名之際要看得淡：淡則不求！生死之際要看得破！破則不懼。人能不忮不求不懼，則無往而非樂境而生氣盎然矣。此贈各官長

戴安瀾手書

戴安澜手迹

5月18日，戴安澜于撤退途中，不慎中弹负伤，至5月26日，因伤口感染严重，加之缅北复杂的地形和连绵的阴雨，终因缺乏药物医治，伤口化脓溃烂，故于缅北茅邦村，时年38岁。



戴安澜将军殉国后，当时的国民政府于1943年4月1日在广西全州的香山寺为其举行了国葬。

新中国成立后，中央政府内务部于1956年9月21日追认戴安澜为革命烈士。10月3日，毛泽东主席向戴安澜的遗属颁发了《革命牺牲军人家属光荣纪念证》。

## “奋飞于抗战烽火中的一只勇敢无畏的海鸥”

戴安澜于1925年1月考入黄埔军校，次年毕业后，参加过北伐战争，历任排长、连长、少校区队长、迫击炮连连长、营长、副团长、团长、旅长和副师长、师长，自号“海鸥”，人称“海鸥将军”。

戴安澜在抗日战争中始终英勇杀敌，多次负伤，战功卓著，最后奔赴异域，战死缅北。后人根据他的自号“海鸥”，将他喻为“奋飞于抗战烽火中的一只勇敢无畏的海鸥”。

拓展阅读 TUOZHAN YUEDU

## 戴安澜年表

1904年11月25日出生在安徽省无为县仁泉乡（现洪巷乡）旗杆戴村。

1923年考入陶行知先生创办的安徽公学高中部。

1924年投奔国民革命军。

1926年黄埔军校第三期毕业。

1926年参加北伐。

1933年3月率部参加长城古北口抗战，获五等云麾勋章。

1937年8月升任旅长。

1938年3月台儿庄战役，火攻陶墩、智取朱庄、激战郭里集，迫使台儿庄之敌后撤，获华胄勋章(一说宝鼎勋章)。

1938年5月徐州会战，率部与日军激战4昼夜，因战功卓著，升任副师长兼第31集团军总部干训班教育长。

1938年8月率部投入武汉会战，被第31集

团军记大功1次。

1939年1月5日升任第200师师长。

1939年5月率部参加抗击日军进犯的随(县)枣(阳)之战。

1939年9月参加长沙保卫战。

1939年11月参加桂南昆仑关战役。

1940年1月坚守昆仑关。11日，戴安澜身负重伤。获颁授四等宝鼎勋章(一说青天白日勋章)1枚。

1941年12月16日第200师开赴缅甸协同英军作战。

1942年3月东瓜保卫战，在没有空军协同作战的情况下，同数倍于己、配备有步兵特种兵和空军的日军苦战12天，掩护英军安全撤退，并歼敌5 000余人。4月25日率部克复棠吉。5月18日，在朗科地区指挥突围战斗中负重伤，26日下午5时40分在缅甸北部茅邦村殉国。

拓展阅读
TUOZHAN YUEDU

## 戴复东(戴安澜长子)回忆父亲戴安澜（之一）

1933年，父亲任25师145团团长，他参加了古北口的长城之战，作战英勇，光荣负伤，获得了五等云麾勋章。后来他带领部队驻守北平北苑。他有一柄系着红丝线穗子的宝剑，看上去特神气。他平时住在部队，周六晚上才回到家里，随身携带的宝剑就挂在爸妈房间的门旁，很有气派。星期天一清早他就起来在院子里舞剑，很是威风。星期天他回部队时又将宝剑随身带去。每次当我进入双亲的房间时，我就会跑近，带着一种敬羡的心情细细地观赏，并忍不住要多看它几眼，有时真想把宝剑抽出来挥舞一番。但因为我太小，宝剑很大，又挂得太高，我够不着，只能朝它看看，总想有一天把握着这柄寒光四射的剑去神气地舞来舞去。

# 转战华北

中国士兵据守卢沟桥反击进攻的日军

1937年7月7日，卢沟桥事变爆发，抗日战争全面开始。

戴安澜和第145团的官兵驻扎在陕西省礼泉县。7月10日，他们接到北上抗日的动员令，整个军营里立即欢腾起来。官兵齐呼："要以铁血来保卫我们的国土！""决与敌人做一次总的清算！"

霍去病墓的马踏匈奴石雕

戴安澜率领部队从醴泉来到陕西兴平，候车待命。在这期间，官兵们对于北方的战况，极为关切，报纸一到，人人争先抢购；张贴报纸的地方，挤满了围观的人群；收音机一打开，也总是紧围着听众。戴安澜和他的部属，心急如焚，恨不得马上插上翅膀，迅速飞向抗日前线。



7月29日，北平被日军占领；第二天，天津也告失陷。紧接着，日军集中约20万兵力，沿平汉线、平绥线和津浦线3路进兵，妄图在3个月之内以武力灭亡中国。时局十分紧张，就在日军占领北平这一天，第145团离开兴平，乘车沿着陇海路东进，奔向抗日战场。

当军车来到西陵的时候，戴安澜看见汉武帝墓和霍去病墓前“马踏匈奴”的石刻，后来又在洛阳看到宋太祖的陵寝，想到这些在历史上曾经叱咤风云的英

杰，崇敬与自豪之情油然而生。同时他深刻意识到，日本持坚甲利兵，逞凶于华北平原，祖国危在旦夕，自己肩负的责任重大。他认为：今天是我们奋斗的日子，勇进就能生存，退却必遭毁灭；祖国的存亡，完全操之于我们自己，所以不要问敌人的力量如何，先要问自己的志气如何。

军车驶到徐州，转向北方飞驰。沿途各地民众，有的投以欢慰的目光，有的报以热烈的掌声，为第145团官兵送行，预祝他们取得胜利。经过两三天的紧张运行，8月1日他们在沧州以南的砖河下车，来到抗日战场的前沿。官兵们人人生龙活虎，个个摩拳擦掌，誓死收复平津，消灭日本侵略者。

1937年9月，戴安澜升任第73旅旅长，奉命守备保定西部满城大栅河南岸（大栅河下游为漕河）。9月

19日敌机编队飞行，盘旋在保定地区上空，从早到晚十几次轰炸，未曾间断。戴安澜率部进入河北以后的第一次战役就在这里打响了。

9月21日，敌人向前推进，逐渐接近第73旅漕河阵地，第145团警戒阵地为敌人占领，第3营在古遂镇一带占领的前进阵地也被敌人截断。第73旅官兵在戴安澜的指挥下，顽强抵抗，奋勇杀敌。但因敌强我弱，激战两日，我军不支，被迫撤退。

官兵们撤出战场，戴安澜立即发出《慰问七十三旅之受伤官兵书》，慰勉部属。他在慰问书中说："对日抗战以来，倭寇挟其数十年勉强积聚之实力，侵占我土地，杀戮我人民，毁我文化机关，炸我非战区域，其意直使我灭亡而后已！但我黄帝子孙，怎甘为野蛮民族之奴隶？我莽莽神州，怎忍沦于异域？"他高度赞扬官兵在数倍于我之猛烈的炮火下，"英勇壮烈，那种动天地泣鬼神的牺牲精神，实足以寒敌胆"，他鼓励大家："只要我们坚持，一定争取到最后的胜利。"



漕河战役失利以后，戴安澜率部经过晋县、内邱、彰德、卫辉等地，连续向南行军，到达河南汤阴县，十几天行程一千多里。在内邱城北，有一座汉武帝庙。戴安澜到达内邱那天，前去拜谒，缅怀汉武帝任用卫青、霍去病为将，击溃入侵的匈奴主力，保障北方经

济文化发展，成就中兴大业的历史功勋。在岳飞的家乡汤阴，戴安澜拜谒了岳武穆庙，面对岳飞的高大塑像，他被这位南宋抗金名将的浩然正气深深感动，岳飞名作《满江红》中，“驾长车踏破贺兰山缺，壮志饥餐胡虏肉，笑谈渴饮匈奴血，待从头收拾旧山河，朝天阙”的千古名句，使他热血沸腾。他决心学习岳飞的英勇气概，为抗击日本侵略者，收拾旧山河，贡献出自己的一切。

1937年11月初，戴安澜得悉全国各个抗日战场形势均处不利态势：山西局势危急，太原、上海、南京即将陷于日军之手，国民党中央政府将西迁重庆，他心如刀绞，在11月7日的日记中写道：“今日为中日战争以来之第四月，默念失地之广，丧师之众，不禁泪盈眶睫，愤不欲生。又闻安阳于四日陷落，更焦急不已，似此下去，国何从堪！我食禄之袍泽，曷不奋起雄飞，而自甘没落耶？回头反攻，今其时矣！余惟勉励自己，奋勇杀敌，以尽吾之责任，不希冀他人也。”

戴安澜深知，欲取得战斗的胜利，必须依靠部属的努力，要有旺盛的士气。他回顾保定漕河战役和彰德漳河战役，认定战役的失利，“非器之罪，乃人之罪”。从此以后，他着力抓紧所属部队思想的教育、纪律的培养和军事技术的训练。

为鼓舞官兵的斗志，戴安澜特录文天祥《过零丁洋》诗和岳飞《满江红》词，印发各级官兵熟读，以文天祥、岳武穆精忠报国的精神来激励大家的爱国热忱。他提醒大家尤要深刻理解文天祥诗中“人生自古谁无死，留取丹心照汗青”千古名句。他要求官兵们，读不通这些诗词的，可以请人领读；不理解意思的，可以请人讲解。读懂了就要这样去做，以必死的决心来抗击日本侵略者，保卫自己的祖国。戴安澜还经常通过给官兵讲故事，来激发大家的爱国热情。



1937年冬，日本侵略者越来越疯狂，各地形势更加紧张。面对着亡国的危险，戴安澜忧心忡忡，思绪万千。他暗下决心：如果目前的军事颓势不能改变，一旦华北全部沦陷，他就准备留在当地，开展游击活动，誓死同敌人周旋到底。到那时候，他打算改名换姓叫“戈挥日”，“戈”系“戴”字的偏旁，保留“戴”字之意，“挥日”表达他对日作战的决心和勇气。取这个名字表示了他用武力将日本侵略者驱逐出去的决心。他还表示，开展游击活动，除了衣食以外，一钱不要；如果有什么所得，则全部分给所属官兵。他把这种安排函告了家人，嘱咐家人在南京失陷时，由家人发丧，宣称他已阵亡，用以掩人耳目。他打算从此以后便用“戈挥日”的化名，游击于黄河北岸，纵横驰骋在华北平原。后因奉命转进，这种愿望未能实现。

拓展阅读 TUOZHAN YUEDU

## 上海嘉定戴安澜铜像

2009年4月4日，戴安澜铜像在嘉定区长安墓园正式揭幕。

为纪念为国捐躯的抗日名将戴安澜将军诞辰105周年，2009年4月，抗日名将戴安澜铜像在上海市嘉定区长安墓园正式揭幕。上海市黄埔军校同学会副会长蒋术与戴安澜将军之子、全国政协委员、中国工程院院士、同济大学博士生导师戴复东共同为戴安澜铜像揭幕。

戴安澜，曾任国民革命军第5军第200师师长。1942年率部赴缅甸参加远征军作战，以身殉国，时年38岁。他那“舍身赴国难，身死为国家”的英雄壮举和大无畏气概，为后人留下了珍贵的历史记忆。

## 戴复东(戴安澜长子)回忆父亲戴安澜（之二）

1937年7月7日，战争爆发后，父亲在河北进行战斗，妈妈和我就从南京搬到安徽无为老家。日寇占领南京后，我们就乘小轮船从无为到了武汉，后来就到了长沙。在长沙时，家住在小吴门外一幢单层独院、黑瓦黑墙的三开间住宅中，小宅的东侧是一片竹林。父亲在武汉保卫战的九江阻击战中痛击九江进犯之敌，使敌人损失惨重，补充兵员达九次之多，获记大功一次。父亲曾回家度过几天的时间，那几天里父亲的不少朋友来拜访他。当时是热天，朋友来了，他们喜欢在竹林里，坐在靠椅上喝茶。凉风习习，他们时而慷慨激昂，时而双眉紧锁，时而畅怀大笑。我这个小学四年级上学期的学生不太听得懂他们的谈话，但只有一句却是我能听懂并牢牢记住的，那就是身材魁梧、精神抖擞的父亲斩钉截铁地说："抗战一定会胜利，一定会把日本鬼子打出去!"

拓展阅读 TUOZHAN YUEDU

## 戴安澜如何教育孩子

戴安澜在写给儿子戴复东的一封家书中说道："你总要这样想：你有个英雄父亲，当然是常常离别。如果我是田舍郎，那么我们可以天天在一起了，但是你愿意要哪一种父亲呢？我想，你一定是愿意要英雄父亲。所以，对于短时间离别，不要太看重了才好。"

**戴复东回忆父亲戴安澜：**很快地，父亲又要回前线去了，就在这时，日本鬼子的飞机来了，地方发出了空袭警报。我们一家就躲到一个小树林中去。当时敌机在我们家的上空盘旋了一阵，不久就走了，警报也解除了，我们回到家，但被告知不要靠近房子，因为敌机丢了一个炸弹在房前小院中，可是没有爆炸。当时真是令人吃惊，炸弹被立即拿走了，这引起全家和周围邻居的议论："这肯定是汉奸给敌机发送的情报。"有的人甚至说看见敌机来时，有个不认识的人在房子周围转，肯定是汉奸。父亲

刚回长沙没几天就出现这样巧合的怪事，我们亲身感受到了汉奸的可恶，他们是民族的败类，也是我们的敌人，因此对他们深恶痛绝。

**戴复东回忆父亲戴安澜：**一个晴朗的星期天，一大早照相馆来了一个人，带着大相机和机架，京剧厉家班来了两个人，带了戏剧的服装、帽子、靴子。到家后他们和父亲交谈了一会，就给父亲脸上化妆。父亲的面孔被化装成老生的样子，最后，他被打扮成了京剧《打严嵩》中的忠臣邹应龙，穿戴上了官帽、蓝色罩袍、黑色髯口，在房前小斜坡上的树丛中拍了一张大照片。拍完这张照片以后，他脱去了这套戏服，又换上了京剧《珠帘寨》中的王者李克用的王者帽子、服装和白胡子，在树丛中又

拓展阅读 TUOZHAN YUEDU

拍了一张大照片。我知道他是喜欢唱京剧的，拍完照片后，他卸完了妆，我就问他："爸爸，你为什么今天要拍穿戏装的照片呢?"他微笑地说："你的爷爷和奶奶（祖父和祖母）自从抗战以后一直待在安徽省无为县的老家，他们一定会想念我，而我也很想念他们，所以我就拍照片给他们。可是家乡现在是敌占区，寄戏装的照片，可以迷惑敌人，对两位老人比较安全些。"我默默地点了点头，心里感到父亲的一片爱心和苦心是多么了不起。

**戴复东回忆父亲戴安澜：**我每晚都要做家庭作业。这时，室内点了一盏菜油灯，有两根点火的灯芯，父亲一根，我一根。他也在灯下看书、做数学题、学习理化、读英语。到九点钟吹熄灯号后，我就先睡了。经常我睡了一觉醒来，父亲桌上的灯光还在亮着，他仍旧聚精会神地在做功课。在我好梦正酣的时候，我常常被他喊醒，这时菜油灯又亮了，父亲已经起床。我赶快穿好他给我准备的一套小灰军装，打了小绑腿，跟着父亲走出他的司令部。这时天还没有亮，街上两边破房子的门窗都紧闭着。一名卫士在前，我在第二，父亲在第三，一名卫士在最后面，走到荒郊野外的小路和田埂上，除了轻轻的脚步声外，只听到我自己的喘息声。一段时间后，我们走到一个基层部队所在的小村子，父亲就叫大家停下来，在村边部队驻地站着，等待起床号吹响，然后父亲带着我们走进连长或排长住的房子，看他们是否起床了。

# 驰 骋 中 原



1937年12月13日，日军侵占南京以后，疯狂地扩大在中国的占领范围。华北日军急于沿津浦线南下攻取徐州，华中日军也要求北渡长江与淮河，同华北日军会师。1938年3月，华北日军进至徐州附近运河北岸，中国军队集中兵力进行抵抗，于是爆发了台儿庄战役和徐州会战。

在台儿庄战役中，戴安澜旅长奉命率部赶来，在52军军长关麟征和25师师长张耀明指挥下，参加战斗。戴旅根据战役部署，扼守据点，苦撑旬日，火攻陶墩，智取朱庄，激战郭里集，屡立战功，并缴获很多物资，为整个战役的胜利作做了重大贡献。

在与敌人浴血苦战的关键时刻，戴安澜奉命率领部队驰援台儿庄外围的我军一个阵地。日军以6辆坦克掩护步兵向我军阵地反扑，妄图一举将他们击溃。戴安澜获得情报以后，迅速将部队埋伏在预定地点，并用麦草铺在村外桥头的大路上，伪装成埋布地雷的样子。敌人的坦克开过来，看见麦草，害怕地雷，便向回撤退。在敌人慌乱之间，戴旅埋伏的官兵让过坦克，跳出战壕，猛扑敌人步兵，敌人被击毙十几名，其余抱头鼠窜而去，戴旅获得全胜。

嗣后，日军又进犯中艾山。戴安澜指挥部属同敌人血战四昼夜。日军向戴旅阵地猛扑数十次，始终没有得逞。战斗激烈时，戴安澜亲自上阵地指挥官兵杀敌。敌军远远望见他魁伟的身材，怀疑他是苏联军事顾问，敌人电台也以讹传讹，广播说："中国军队有一俄籍军官，指挥有方"。

徐州会战以后，日军于6月至7月集中重兵，大举进攻武汉。沿长江向西进攻武汉的一路日军，7月23日开始攻击。他们越过鄱阳湖，在九江市东南20余公

里姑塘附近登陆，向九江进犯。第9集团军不战而逃，九江沦陷，第一防御地带被冲开。8月上旬，日军一部由九江乘船西犯，在瑞县东北

中国军队的T26轻型坦克部队

之港口登陆。

在这种军事势态极为不利的形势下，戴安澜奉命率部南下，投入保卫武汉的外围战。从江南进攻武汉的日军主力第九师团，拥有海军和空军配合作战的优势。但是，他们畏惧山岳地带作战。戴安澜来到瑞县前线，抓住敌人的弱点，把敌人引向山区，使他们的海军无用武之地，并充分利用山区有利的隐蔽条件，对付日军空军和炮兵的袭击。经过周密部署，他亲临前线指挥，努力发挥我部优势，与敌人浴血奋战。戴安澜所指挥的这场阻击战，成功阻滞敌人于瑞县至阳新之间的地带，迫使敌军每前进一步都要付出惨重的代价。日军第9师团，素以凶狠顽强著称，然而遭到戴安澜部的坚强有力的抵抗，从九江推进到武昌近郊的过程中，造成惨重的损失。

1939年1月，在湖南湘潭，戴安澜接替杜聿明，升任第200师师长。第200师是中国第一支机械化部队，辖有两个摩托步兵团、两个战车团。1936年国民政府机械化部队初创的时候，它仅仅有1个战车营，1937年全面抗战开始以后，扩充并改名为装甲兵团，杜聿明任团长。1938年扩充为装甲兵师，编为第200师，师长杜聿明。第5军成立，杜聿明任军长，戴安澜即任第200师师长。这个师为第5军的基本部队，装备精良，官兵训练有素，戴安澜担任师长后，内心十分高兴。他下决心“尽竭全力，练成劲旅，为国驰驱，歼彼倭寇”。有的同僚前去向他道贺，他郑重而又谦逊地说：“我虽然手握兵符，可以发挥智力，多所作为；但是所负使命更大，责任更艰，今天外患未平，何足言贺！”

接着，他回顾既往，展望未来，撰写《自讼》一书，用以警诫自己，发扬成绩，再接再厉，勇往直前，夺得新的胜利。为什么要写《自讼》？戴安澜明确写道：“一方面是为检讨过去的缺失；一方面是确定今后生活正当的途径。”

戴安澜升任师长以后，第200师移驻广西全州。

刻有戴安澜将军名言的墓墙

他的夫人和孩子们也从柳州沙塘镇搬到全州的师部。当汽车开到第200师驻地大门口的时候，长子戴复东便跳下汽车兴冲冲地往里跑。“立正！敬礼！”随着两声口令，值岗的卫兵正在向戴复东行军礼，弄得戴复东不知所措。戴安澜来到大门口，和蔼地向卫兵班长说：“以后，我的家属、我的孩子到师部来，不要喊立正、行军礼！”卫兵班长立正答道：“是！”以后，他又对卫兵排的班、排长和卫士们说：“今后，对我的孩子不要称他们‘少爷’‘小姐’，直呼他们的名字就可以！”

## 戴安澜日记选

◎爱国心的作用，是如何的伟大啊！……收复东北失地，（中日甲午战争以来）六十年的国仇，才可以从此昭雪！夜深了，带着愤怒的情绪，去寻觅必要的休息。（1937年8月3日）

◎北望平津，忧心如捣，大好河山，何日才能重归我手呢?!（1937年8月10日）

◎今日为“九一八”六周年，国难重重，悲愤已极！……我辈应不怨天、不尤人、不消极、不悲观，来拯救国家、复兴民族。（1937年9月18日）

## 拓展阅读 TUOZHAN YUEDU

◎要完成大业，必须人人有做中国男儿抱负，我们战争目的，是为救亡。日本终必败亡，只在我们奋斗耳。（1937年10月10日）

◎昨夜十一时，进攻四四一高地，部队已到山顶，被敌人放射毒瓦斯，我少数官兵，致慌手脚，极为挂念！迨至晨一时，得报告：我已攻占四四一高地，敌人狼狈而逃。遗弃轻机枪、步枪数支，钢盔、工作器具甚多。甚欣慰！攻此高地以来，我已伤亡二百余人，今已克复，可谓牺牲有代价也，况此地为九塘重要据点，克复则九塘不成问题矣。晨起，到仙女山指挥所，目击我军进展情形，尤为快慰！九时我友军占领九塘，遂口占一绝以纪之：

仙女山头竖将旗，
南来顽寇尽披靡；
等闲试向云端望，
倩影翩翩舞绣衣。

（1940年1月4日）

## 戴复东(戴安澜长子)回忆父亲戴安澜（之三）

第5军的中高级军官们有时也举行一些联欢活动。很多人在一个很大的房间里，分成很多桌，吃点瓜子、花生、糖果，喝茶。我和藩篱妹、靖东弟有时也去凑热闹，吃点东西。有一次，大家鼓掌叫靖东弟表演，他不肯，但爸爸鼓励了他，他勇敢地站在桌上，唱了一句“大刀向鬼子们的头上砍去!”当时他还是一个幼童，大家拼命鼓掌，爸爸一面鼓掌，一面非常开心地大笑。

拓展阅读 TUOZHAN YUEDU

## 怀念我的父亲和母亲

戴靖东（戴安澜次子　写于2007年）

今年5月26日是父亲为抗击日寇侵略，英勇为国壮烈牺牲65周年的日子。每当这个日子到来的时候，我心里总是对父亲和母亲有很多怀念和相思；往事常常在脑中回荡。1942年5月26日父亲牺牲的时候我才4岁多一点，人还很小，但是父亲的一些事情还是时刻记在脑中。有些是淡淡的印象，但有些却深深印在我的脑海中。



我记得有一次我去父亲的兵营看他（平时父亲都是在兵营中，只有周末才回家和大家团聚），我怎么到兵营，是谁把我带去的，我也记不清了。但是我清楚地记得，父亲看见我以后很高兴，那时也正好是吃中午饭的时间，父亲就让我和他一起吃中午饭。当时的菜只有一个，黄豆蒸咸肉，我很喜欢吃，父亲见我喜欢吃，就夹很多咸肉和黄豆给我。吃完饭后，父亲对我说他还有很多公务要做，没有时间陪我，让我回家去，当时我是真想和父亲多待一会儿，但是还是不得不回家去了。这件事我记得很清楚，而且一直到现在我对黄豆蒸咸肉都有一种特殊的情感，常常吃，每当我吃着这菜的时候，就想起我和父亲一起吃黄豆蒸咸肉的情景。

还有一件事，当时部队给父亲分配了一辆新汽车，我心里很高兴，就在汽车后座位上手舞足蹈起来，不知怎么搞的，一下子把汽车顶上的车灯玻璃打破了。妈妈当时不在家，不知谁把这事告诉了妈妈，妈妈就说回来以后要把我好好打一顿，当时我知道闯了大祸，妈妈要打我，心里害怕极了，不知道怎么办，后来不知怎么我就想到了父亲。我拿起电话打给父亲，接电话的问我找谁，我说找爸爸，他问你爸爸是谁，我接着说我找爸爸，他又再问，这样问了几次，我突然想起来讲："我爸爸是师长"，他一听就说我马上让你爸爸听电话。等我一听

拓展阅读 TUOZHAN YUEDU

到父亲在电话那头问我，我就大哭起来。父亲叫我不要哭，问我为什么哭，我说妈妈要打我，父亲问妈妈为什么要打我，我就把事情告诉他，他一听马上对我说，不要哭，他会和妈妈讲，叫妈妈不要打我。

最后一次是父亲出征缅甸从家里出发前，父亲睡午觉，然后洗漱完毕，准备出发。当时父亲在找他穿的靴子，我当时在房间里，把两只脚放在这双靴子中，在地上拖着走，只见妈妈找到房间来，心里很焦躁地对我说：不要再

即将开往前线的中国士兵

顽皮了，让爸爸穿好出发。妈妈当时担心焦虑的神情，至今我依然记得。父亲穿戴整齐后，和全家告别转身离开。哪知这一次竟是我们和父亲的永别，想到这里真不好受。

父亲每次周末回家来，我总是吵着要和他睡，他也总是同意，我记得父亲抽的烟是那种用圆铁筒装的烟，他总是把香烟筒放在床头自己的枕头旁边。

我还记得父亲穿军装和西装时，在衬衫和颈子之间，他总放一块窄窄的白布条。妈妈告诉我那是挡颈子上的油，不要把衬衫领子搞脏了。

父亲平时喜欢京戏，休息时常去看，自己也常常穿着戏装扮演古代的英雄人物，除此之外，由于父亲在广东待过一段时间，所以他对粤剧也很喜欢，买了不少粤剧的唱片，在家有空就听。

父亲是陆军，但他对各种作战飞机也很感兴趣，我记得家里就有一本画册，里面有各种

拓展阅读 TUOZHAN YUEDU

各样战斗飞机的照片。后来在贵阳的时候，我也翻看过。

以上就是父亲留在我脑海中的记忆。

# 大战昆仑关

1938年10月下旬，广州、武汉失陷以后，平汉、粤汉两条铁路交通线被切断，江南各地对外联络线也被梗阻，但广西至越南的国际交通线，依然畅通。日军为了切断这条交通要道，达到威胁英国、法国，封锁重庆的目的，便在南海区域频繁调动军队，积极筹划从广西打开一个缺口，以便侵入中国的西南部。

1939年11月15日，日军第五师团在海军、空军的掩护下，从北部湾龙门港、企沙登陆，迅速向南宁推进。24日，日军占领了南宁。12月4日，占领桂南战略要地昆仑关。

昆仑关是南宁北部的天然屏障。它位于南宁东北50公里处的昆仑山上，四周群山叠嶂，多悬崖深谷，邕（南宁）宾（阳）公路从关口通过，地势十分险要，向为兵家必争之地。北宋皇祐四年

(1052)，北宋大将狄青讨伐侬智高时，曾引兵驻扎在这里，元宵节深夜，挥师渡关，大败敌人。这就是后世传说的“狄青元夜夺昆仑”的故事。

日军占领昆仑关后，即在昆仑关四周的山峰和高地筑起堡垒工事，以轻重火力编成火网，构成拱卫昆仑关的防线。

为保卫重庆，保护大后方，国民政府组织4个集团军的兵力参加南宁方面的作战。

12月10日，戴安澜师长参加了军长杜聿明在迁江附近一个山洞里召开的昆仑关作战会议。会上，杜聿明分析了双方态势，决定采取战略上迂回、战术上包围，“关门打虎”的作战方案，攻克被敌占领的昆仑关。会议决定，第200师为正面主攻部队，沿邕宾公路攻击前进；荣誉第1师配合从公路以外的地方攻击前进。发起攻击的时间，定为17日拂晓。



12月12日，戴师长率部按照指定的路线，深夜行军，进入攻击准备位置。他满怀信心地说：“中国古时候，有上元三鼓夺昆仑的佳话，吾拟元旦夺取昆仑关。”

12月16日，国民党军事委员会政治部长陈诚和桂林行营主任白崇禧一同视察了昆仑关前线，批准了攻击部署。我军对日军的反攻就要开始了。

12月17日凌晨，战斗打响，双方首先进行炮战。

第5军远射程的重炮火力压住了敌人的炮火。随即第一线攻击部队第200师和友军在战车和轻重火力掩护下，向敌人的阵地发起攻击。敌机在上空盘旋，企图袭击第200师步兵，但遭到第200师和友军高射炮火猛烈射击。双方激烈交战持续了一天。深夜，第200师第598团在团长高吉人的指挥下，奋勇向敌攻击，野炮和机枪更加猛烈狂吼，击毁敌人坦克车2辆，炮4门，毙敌百余名，缴获枪支百余条，不仅确保了第200师坚守的412高地，而且攻占了日军守卫的653、600高地，打开了前进的通道。第599团由团长柳树人指挥，在战车掩护下，沿公路长驱直入，从敌人手中夺回了昆仑关。

被打退的敌人并不甘心失败，又以大批飞机为掩护，向昆仑关进行反扑，12月19日，日军将昆仑关重新占领。据守五塘、六塘、七塘、八塘的我军，同日

昆仑关第5军烈士墓牌坊

军反复争夺，打退了敌人的多次进攻，歼灭了敌人的增援部队，进而集中炮火向敌人的九塘部队猛轰，第二次收复了昆仑关。在这次战斗中，击毙了敌前线指挥官第五师团第十二旅团长中村正雄少将。

连日来，昆仑关上枪炮声越发激烈，战斗紧张异常。不久，昆仑关又为敌所占领，12月31日第200师第三次收复昆仑关。这一天，戴师长亲临前线，身先士卒，指挥和带领部队攻占了441高地。441高地为九塘的重要据点，攻下这块高地以后，拿下九塘则可稳操胜券。为纪念这个胜利，戴安澜随即口占七言绝句一首：

仙女山头竖将旗，
南来顽寇尽披靡；
等闲试向云端望，
倩影翩翩舞绣衣。



1940年1月10日，第200师在向八塘以西的300高地攻击的时候，接到上级命令：固守原阵地，不必强攻，以待换防。敌人的猛烈炮火依然不断轰击而来。第二天下午，戴安澜正在巡视、检查阵地，忽然敌人的一颗炸弹在他的附近爆炸，弹片从他的左背穿入，戴安澜身负重伤。起初，他不以为然，仍旧带伤指挥作战。几个钟头过去后，他无法支持下去，不得不前去柳州住院治疗伤口。一天后，改住在徐庭瑶公馆养伤。

昆仑关大战之后，各报记者在国内外报道了大战经过，盛赞戴安澜师长具有狄青将军的风度。就连日本东京的新闻广播机构，也认为此次战役为开战以来所没有的壮烈，不得不承认戴师长作战英勇。

戴安澜在昆仑关大战中的功绩，深得国民政府的赞赏，对他负伤深表关切。为了奖励他的战功，颁授他四等宝鼎勋章（一说青天白日奖章）。后来，由何应钦代表蒋介石主持南岳会议，总结昆仑关战役。何应钦对戴安澜师长亲加激励，高度赞扬他为“当代之标准青年将领”。他在昆仑关大战负伤以后，蒋介石、白崇禧等国民党政界要员不断派人前去慰问。

戴安澜养伤期间，夫人和儿子从全州赶来探望、服侍。师里送来了几件战利品给他作纪念：一把日军指挥官使用的指挥刀；一块千人缝（好似我国荷包一类的纪念品），上面绣有“武运长久”几个字，下面坠着近千个红线头；还有一种战利品，就是几本日本军人的照相簿。这时的戴师长，只能腹贴床背朝天地趴在病床上，忍受着极大的痛苦。但是，他回想起昆仑关大战的壮观场面，听说着第5军在全州召开祝捷大会的空前盛况，看看身边的战利品，感到十分快慰。

拓展阅读 TUOZHAN YUEDU

## 日军的哀叹

1938年12月31日，中国军队肃清了昆仑关全部残敌。打扫战场时，在中村正雄尸身上搜出了一个日记本。这个日军旅团长在战死前写道："帝国皇军第五师团第二十一旅团之所以在日俄战争中有'钢军'称号，那是因为我的顽强战胜了俄国人的顽强。但是，在昆仑关我应该承认，我遇到了一只比俄国军队更顽强的军队"。



日本战后公布，在昆仑关战役中，日军第五师团第二十一旅团，包括中村正雄少将旅团长、第四十二联队长坂田原

1939年，第200师师长戴安澜出征前摄于全州。

一大佐、第二十一联队队长三木大佐以及第一、二、三大队的长官，该旅团班以上的军官死亡达85%，士兵死亡4 000余人。日军统帅部收到的报告中也称：“在昆仑关地带，中国军队比任何方面都空前英勇，值得我军敬意。”战后的日军战史也称，昆仑关战役是“中国事变以来，日本陆军最为暗淡的年代”，“中国军队攻势的规模很大，其战斗意志之旺盛，行动之积极顽强，在历来的攻势中少见”。

拓展阅读
TUOZHAN YUEDU

## 戴复东(戴安澜长子)回忆父亲戴安澜（之四）

在我读小学六年级时，父亲参加了一次激烈的战斗——广西昆仑关大战。一天上课时，有一位军官来找我，说妈妈叫我回去，有急事。我立刻收拾好书包跟军官回家。到了家中，看见妈妈神情沮丧不安，告诉我父亲在战斗中受了伤，现正在柳州，她要带我去看爸爸。为了进一步了解父亲的伤情，妈妈带我来到第5军司令部的无线电台，和柳州受伤的父亲联系。在电台的扩音器中，我听到了父亲的说话声，

他说伤势不重，叫我们放心。但是，我看见妈妈用手绢擦眼泪。妈妈带着我、藩篱妹、靖东弟坐第5军专派来的汽车疾驰两天多到达了柳州，那时已经是下午了。

……一张大床，父亲光着脊背，脸朝下躺着，背上的伤口上盖了一块大纱布。一进到房间，妈妈忍不住流下了眼泪，但她没哭出声来。我敬重地看着爸爸，他向我们点点头，要我们坐下来。一位参谋告诉我们，攻打收复昆仑关的战斗进行得很激烈，我方的炮火把敌人的阵地破坏得很严重。敌人也回击我们，日军的炮弹在父亲附近落下，一个弹片刺入他的左背部，弹片进入后没有深入下去而横向转了一个弯，所以没伤着肺，更没有刺入心脏，这是不幸中的大幸。医生为了取出弹片，在父亲背上开一个10多厘米长的刀口。人是吃了苦，这次大战中，我方的炮弹却击毙了日本的一个旅团长。对于这次父亲负伤，我感到很自豪，一直用敬

佩的眼光看着他。在谈话中，穿着白大褂的两位医生到爸爸床边，给他换药。爸爸点了点头。他们把镊子消了毒，把纱布揭开，很大一个伤口，他们一面用药棉擦伤口，一面把钳子伸到伤口里，镊出了很长的一段黄药水纱布，再用药水棉花在伤口内上下左右地清洗，然后再换了一块清洁的黄药水纱布塞到伤口中去，再用白棉纱布盖住伤口。我看得心都揪起来了，爸爸用手紧紧握住床边。换好药后，别人都走了，我坐在爸爸头部对面，问他："爸爸，你痛不痛?"他看了看旁边没人，就笑着对我说："傻孩子，哪有不痛的道理?"我说："你为什么不叫呢?"他说："你看过《三国演义》吗?"我点点头。"关羽刮骨疗毒还下棋，我要学习他的勇敢。"听了这句话，使我心中对他充满了敬佩之情。



## 芜湖市第二中学

1948年，为了纪念戴安澜烈士的抗日英雄

业绩，由安徽各界名流发起、筹资，创办了一所工业职业学校，取名为“安澜工业职业学校”，并聘请戴将军之堂弟戴子庄为校长，校址定在芜湖市环城北路，即今芜湖市第二中学校址。

2008年，芜湖二中师生纪念戴安澜将军殉国66周年。

# 远征缅甸

1941年秋，日本军国主义者紧张地策划和酝酿着太平洋战争。战争的阴云笼罩着东南亚地区。越南、泰国和缅甸都面临着战争前夕的狂风激荡。缅甸与我国云南省毗连，是我国大西南防线的外围。日军对缅甸虎视眈眈，直接威胁着我国的安全和民族的生存。

戴安澜率领第200师先后驻守在贵州安顺、云南曲靖一带，一边整训，一边待命。早在1941年年初，军内就传闻将有出国远征的使命，戴安澜喜出望外，求之若渴，对人说："如得远征异域，始偿男儿志愿！"10月，贵阳《中央日报》的记者卜少夫采访他，请他谈谈对于出国作战的感想。他高兴地说："假如将来有

远征军装备的美式M3A1装甲输送车

这样的命令，那我很荣幸，因为最高当局能将这样重大的责任派交我和我的部队，我会很兴奋。”顿了一下以后，他又很严肃地说：“另一方面，也有一种履冰临渊的戒慎恐惧的心理，因为这一项工作的关系和影响实在太大了！”此后，他一直等待着出国远征命令的下达。

同年12月7日，日军偷袭了美国太平洋舰队的基地珍珠港，从而爆发了太平洋战争。日军在迅速占领了菲律宾、马来西亚、新加坡、印度尼西亚等广大地区以后，积极准备占领缅甸，以保障其进攻南洋的日军右翼之安全，夺取缅甸资源，切断滇缅公路这条我国唯一的国际通道，再由缅甸入侵我国云南，逼使国民政府屈服，把中国变成他们的殖民地。

12月下旬，中、英两国政府签订《中英共同防御滇缅路协定》，中国政府应英国之请求，决定以杜聿明的第5军、甘丽初的第6军、张轸的第66军组成远征军，成立中国远征军第一路军司令长官司令部，任命卫立煌为司令长官（未到职），第5军军长杜聿明为副司令长官。在司令长官未到任以前，由杜聿明暂时代理。1942年4月2日，改派罗卓英为司令长官。

早在1941年12月16日，蒋介石就已经命令第5军调到云南进行战前动员，准备协同英军作战。第200

师和友师，遂将昆明的防守任务移交给71军。这时，戴安澜师长万分兴奋。他集合全师官兵，进行远征动员。他给大家讲述了三国时期蜀汉丞相诸葛亮为国家安危“鞠躬尽瘁，死而后已”的高尚思想情操，勉励部属扬威国外，英勇杀敌，为国争光。第二天，他精神焕发，斗志昂扬，率领第200师离开昆明，浩浩荡荡地向西进发。



第200师到达保山附近的时候，忽然接到由第5军转达的蒋介石的命令：“暂时毋庸入缅。”于是，不得不停止前进，在板桥附近整训待命。由于美英政府同蒋介石之间的矛盾未解决好，在军事部署上则表现为踌躇不定，坐失良机。

1942年2月，蒋介石以中国战区统帅的身份，从印度飞返昆明，与驻缅英军参谋长商定中英军队在缅甸守备地区和作战区域的划分问题。16日下达命令："根据英代表请求，仰光情况紧急，请速派第5军入缅。"

3月1日夜，赴缅英国盟军电话通知戴安澜，说蒋介石将在缅甸腊戍召见他，要他迅速前往。戴安澜离开板桥，星夜奔驰，3月2日黎明抵达腊戍。蒋介石向戴安澜首先询问了一些情况，然后命令他：当日开一个团到腊戍，接着把其余部队开到平满纳、东瓜（即同古）占领阵地。3月3日，蒋介石再次召见戴安澜，面授作战机宜，鼓励他夺取重大胜利，以振奋民族精神，为祖国增添荣誉。

戴安澜接到命令后，立即转令部属向缅甸进发。

1942年3月，第200师入缅作战。

1942年3月，第5军机械化部队正在开赴缅甸。

第200师官兵在保山板桥就要开拔了，他们个个穿着草黄色单军服，脚穿草鞋，背挂斗笠，戴着特别少有的树胶眼镜，肩挎各式武器，英姿飒爽，威风凛凛。军用卡车“一”字形排列着长队，每辆车头上插着青天白日小旗，车身上贴满了用中、缅两国文字写的标语：“中国军队为保卫缅甸人民而来!”“加强中英军事合作!”“缅甸是中国最好的邻邦!”……军车徐徐开动了，第200师官兵肩负着全国人民的重托，背负着缅甸人民的期望，雄赳赳气昂昂地踏上了远征异域、抗击日军，支援友邦、拯救中华的雄伟大道。



第200师的车队行驶在滇缅公路上，翻越横断山脉，飞渡了澜沧江和怒江天险。

第200师各团官兵，经过几天日夜兼程的紧张急行军，胜利抵达腊戌、东瓜。这时，后续部队依然在中国境内。蒋介石对第200师孤军深入尤为关心，召见戴安澜的时候，问他是否可以坚守。戴安澜坚定地回答："此次远征，系唐明以来扬威国外之盛誉，虽战至一兵一卒，也必死守东瓜。"

东瓜是从缅甸首都仰光向北到全国第二大城市曼德勒（也称瓦城）铁路线上的第一大城，在军事上，位置极其重要。它距曼德勒320多公里，城东有西汤河从北向南流淌，河上架设大桥一座。第200师官兵来到这里后，就以高昂的战斗姿态，准备和敌人决战到底。东瓜四周地势平坦不易设防，戴安澜亲自指挥在各交通要道修筑坚固的堡垒，将轻重武器配置成交叉火力。他还告诫部属一定做好在敌人重兵包围下独立作战的思想准备。

东瓜以南30多公里处，有一条皮尤河。东瓜保卫战，就是在皮尤河两岸这块前哨阵地上拉开序幕的。

日军侵占泰国、马来西亚以后，派第五十五、第三十三、第十八等3个师团重兵进攻缅甸。他们从泰国经摩尔门进犯缅甸，3月8日占领仰光以后，第五十五师团为中路，从仰光沿公路向曼德勒推进；第三十三师团为西路，从仰光向西北对普罗美的英军进攻；第十八师团为东路，沿萨尔温江北进。他们计划，在雨季到来之前会师曼德勒。

中国远征军第200师附第5军摩托化骑兵团和工兵

远征军训练

团一部，到达东瓜的第二天便接替了英军的防守任务。

3月11日，戴安澜派军部的摩托化骑兵团和第598团步兵第1连，由骑兵团副团长黄先宪指挥，到皮尤河畔及其以南12公里处担任警戒任务，接替英军防务，并掩护英军撤退。这些部队进入皮尤河阵地以后，根据日军骄横狂妄的特点，估计他们在追击英军时，可能轻敌冒进，因而在皮尤河南岸构筑埋伏阻击阵地，在皮尤河北岸构筑主警戒阵地，并在200米长的皮尤河大桥下装好炸药，做好爆破准备。所有这些，都伪装得十分巧妙，敌人不易发现。

日军第五十五师团派出步兵第一一二联队约200人的搜索队，3月19日来到皮尤河南岸，当他们的摩

戴安澜塑像

托车队快速驶上大桥时候，第200师埋伏的战士迅即用电器引爆炸药，“轰”的一声，大桥猛烈爆炸塌陷，敌人连人带车一个一个摔到桥下，霎时间后续车辆一起拥塞在河南岸的公路上，敌人乱作一团。顿时，枪声四起，埋伏在阵地上的第200师官兵用机枪和各种武器猛烈扫射敌人，打得敌人落花流水，纷纷向公路两侧逃窜。敌人后援不济，大部分被歼灭，仅有少数逃进森林内躲藏。

这次前哨战斗，击毙敌人甚多，还缴获了敌人的汽车、摩托车、枪支、弹药和望远镜等物资。从一名被击毙的中尉联络军官身上，还搜获了很多文件、地图及作战日记等。

皮尤河前哨战斗，使日军遭到了在长驱直入缅境以来第一次重大损失，成功地掩护了英国驻缅甸军队的安全撤退，英缅军官既感激又佩服第200师官兵，竖起大拇指，对他们说：“你们打得好！你们打得好！”

拓展阅读 TUOZHAN YUEDU

## 戴安澜谱写的战歌《战场行》

1942年2月，200师的1万多名将士，斗志昂扬地高唱《战场行》进入昆明，受到了社会各界和广大人民群众的热烈欢迎。歌词大意是：

弟兄们，向前走！
弟兄们，向前走！
五千年历史的责任，
已落在我们的肩头，
已落在我们的肩头。
日本强盗要灭亡我们的国家，
奴役我们的民族。
我们不愿做亡国奴，
我们不愿做亡国奴。
只有誓死奋斗，
只有誓死奋斗，
只有誓死奋斗！
……

## 《七绝·远征》

（戴安澜　1942年3月）

1942年3月，戴安澜率军赴缅作战。行军途中，将军踌躇满志地写下了这两首《七绝·远征》。

一

万里旌旗耀眼开，
王师出境岛夷摧。
扬鞭遥指花如许，
诸葛前身今又来。

二

策马奔车走八荒，
远征功业迈秦皇。
澄清宇宙安黎庶，
先挽长弓射夕阳。

拓展阅读 TUOZHAN YUEDU

## “中国远征军”一词广泛流传

1942年3月，第200师率先入缅作战。滇缅公路上运兵车、大炮牵引车的马达声，汽车喇叭声，脚步声和喧嚣声不绝于耳，土质公路上尘土飞扬。第200师沿滇缅公路浩浩荡荡，一路进发。这是中国自甲午战争以来，第一次出师援助友邦、抗击侵略的大规模军事行动。第200师自师长戴安澜以下近万人，人不御甲、马不停蹄，以急行军速度昼夜兼程，于3月7日抵达缅甸东瓜（即同古）。

从此，“中国远征军”作为一个特定历史条件下产生的专用名词，开始见诸中外报刊和书籍，至今仍然闪耀着不可磨灭的爱国主义和国际主义精神的光辉。

## 拓展阅读
TUOZHAN YUEDU

**《中国远征军军歌》**（知识青年从军歌）

君不见，汉终军，弱冠系虏请长缨，
君不见，班定远，绝域轻骑催战云！
男儿应是重危行，岂让儒冠误此生？
况乃国危若累卵，羽檄争驰无少停！
弃我昔时笔，着我战时衿，
一呼同志逾十万，高唱战歌齐从军。
齐从军，净胡尘，誓扫倭奴不顾身！
忍情轻断思家念，慷慨捧出报国心。
昂然含笑赴沙场，大旗招展日无光，
气吹太白入昂月，力挽长矢射天狼。
采石一载复金陵，冀鲁吉黑次第平，
破波楼船出辽海，蔽天铁鸟扑东京！
一夜捣碎倭奴穴，太平洋水尽赤色，
富士山头扬汉旗，樱花树下醉胡妾。
归来夹道万人看，朵朵鲜花掷马前，
门楣生辉笑白发，闾里欢腾骄红颜。
国史明标第一功，中华从此号长雄，
尚留余威惩不义，要使环球人类同沐大汉风！

拓展阅读 TUOZHAN YUEDU

## 云南人民对远征军的支持

大后方的云南各族人民为中国远征军提供了一切后勤保障，1942年1至3月，中国远征军出师缅甸抗日前后，仅保山县府即交军粮45 000大包，使远征军“兵马未动，粮草先行”。

1942年3月远征军开始进入缅甸作战。滇缅公路上沿途均有云南各族人民提供茶水、送粮送蛋，欢送中国远征军出国作战。

在远征军入缅作战的时间里，远征军将士始终牵动着1 300万云南各族人民的心，频传的捷报让人欢欣鼓舞，戴安澜将军的英名也由此深深地嵌在云南乃至全国人民的心中。

仅据保山28个乡镇不完全统计，远征军失利后征派民工破坏滇缅公路、招待伤员又开支“积谷”14 066公石，开支国币480 146元。云南成为10万中国远征军供给充足、进退自如的最可靠的战略基地。

# 东瓜保卫战

第200师官兵在3月19日皮尤河前哨战中，赢得了重大胜利。紧接着东瓜战斗打响了。戴安澜师长在杜聿明军长的领导下，直接指挥东瓜保卫战。

3月20日，在皮尤河前哨战中被挫败了的日军，行动极为慎重。他们以步兵和骑兵联合组成约五六百人的先头部队向第200师阵地搜索前进。当敌人来到东瓜南面17公里的鄂克温的时候，发现第200师设置的前沿阵地，随即用一个联队外加山炮4门发动进攻。第二天，敌人增配山炮2门，向第200师前沿阵地持续轰击了整整一天。与此同时，敌人用飞机轮番轰炸东

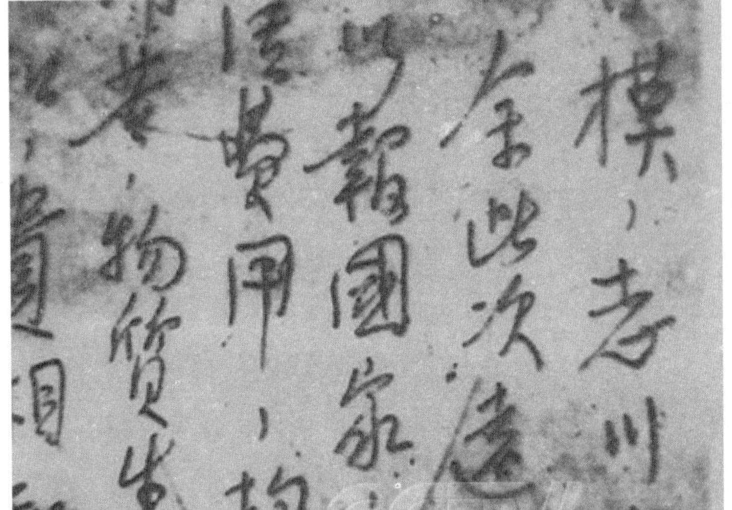
模，志川，
余此次远征
以報國家，
者，物質生

瓜城。

3月22日拂晓，敌人2个联队配置12门大炮，用战车、装甲车作掩护，向第200师前沿警戒阵地猛扑，并用飞机20多架，连续投弹轰炸。面对来势汹汹的侵略者，戴安澜怒火中烧，誓与敌人血战到底，决心不惜牺牲来换取缅甸和祖国的和平与安全。这一天，他给夫人王荷馨的信上说："余此次奉命固守同古（即东瓜），因上面大计未定，其后方联络过远，敌人行动又快，现在孤军奋斗，决心全部牺牲，以报国家养育！为国战死，事极光荣。"同时，给负责军需工作的徐子模、志川、王尔奎写信，对身后的事做了安排，请他们予以关照遗属的生活。信上说："我们或为姻戚，或为同僚，相处多年，肝胆相照，而生活费用，均由诸君经手。余如战死后，妻子精神生活，已极痛苦，物质生活，更断来源。望兄等为我善筹善后，人之相知，贵相知心，想诸兄必不负我也。"

抱必死决心的第200师官兵在师长戴安澜的指挥下，不顾敌机的轰炸和扫射，以步兵和骑兵互相配合，给敌人以重创。敌人爱在树上架起机枪扫射，第200师官兵的机枪，一半瞄准树上，一半瞄准地面，结果树上的敌人连同机枪纷纷摔落下来。第200师官兵士气旺盛，士兵们受了伤也不肯撤回阵地。当时天气燥热，有的干脆脱下军装，包扎好伤口，赤膊血战。最紧张的一幕是，当敌人骑兵绕道突然袭击指挥所的时候，双方相距只有50米，戴师长和所有参谋人员以及其他官佐，都拔出手枪，英勇地参加了战斗，击退了敌人的进攻。到23日黄昏，敌人虽然前后发起6次大规模进攻，但是由于第200师官兵奋勇阻击，终于迫使敌人向南溃退。这次战斗，先后击毁敌人战车、装甲车各2辆，击毙敌人300多人。第200师虽然也伤亡140多人，但阵地巍然屹立。

第200师像铜墙铁壁一样，耸立在日军面前。日军清楚地看到，采取正面强攻的战术不会有进展，于是改用迂回侧击的战术。3月24日，黄昏时分，他们利用缅奸带路，使用1000多步兵、一中队骑兵，附火炮2门，从左翼绕过鄂克温，向克容冈飞机场前进。东瓜四郊地形平坦，第200师在东瓜南面的阵地东西长仅8公里，敌人抄袭部队便在东瓜城西13公里的地方，从小道绕了过去。当晚，偷袭并占领了城北的克容冈飞机场，同时切断了交通线。克容冈飞机场北部由军部工兵团警戒，他们正在破坏铁路，团长李树正面对突然袭来的敌人，惊慌失措，仓皇向后撤退。仅有200师的第598团1营与敌人展开激战，至第二天下午5时，被迫放弃机场，退守东瓜。24日晚上9点钟，戴安澜师长率领师指挥部人员从城外撤到城内。他预感到形势十分紧张，立即召集团长和直属营长会议。各级干部一致表示决心，誓与东瓜共存亡。戴师长预立遗嘱，庄严宣布："如师长战死，以副师长代之；副师长战死，以参谋长代之……"并命令团、营、连、排、班长都预立遗嘱，指定代理人。然后，调整部署，将鄂克温、坦塔宾前沿阵地放弃，集结全部兵力，保卫东瓜。因为从东瓜城东毛奇向第5军指挥所驻地瓢背还有一条公路相通，为确保与军部的联系畅通，会议还决定将师指挥部迁往城东，并设置无线电台。会上，戴师长命令师步兵指挥官兼第598团团长郑庭笈指挥留在城内的3个步兵团，与敌人坚持战斗。会后，戴师长带领师指挥部官兵，出了东瓜城，来到了城东。

25日拂晓，敌人发现第200师的阵地部署发生了重大变化，于是将主力部队逼近东瓜新城。到了晚上，敌人联合步兵、炮兵和空军，合计约一个师团的兵力，对退守东瓜的第200师，实行了南、西、北三面包围。这时，英国联络代表马丁在第5军军部问杜聿明军长："贵军一师被围，东瓜战事是不是很危险？"杜聿明镇静地回答："没关系，已经奉蒋委员长的命令，固守待援。我们后面的部队上来就好了，可以转败为胜的。"被包围的第200师官兵沉着坚守阵地，并火烧森林，阻碍敌人前进。敌人用30多架飞机轮番轰炸，城内建

远征军机枪阵地

筑多被炸毁。但是，第200师官兵利用阵地工事，与敌人顽强战斗，大量杀伤敌人，而自己伤亡甚微。

东瓜的战事越来越紧。26日，敌人除了原派的2个联队外，又增派了1个联队，重兵围攻东瓜，主力集中到东瓜城西北角进行猛烈攻击。结果，西北角的阵地被突破，第600团退守东瓜铁路以东继续抵抗。这一天，第200师与敌人激烈争夺，双方均伤亡惨重。

奸诈的敌人眼看强攻不成，于是变换了花招。3月28日，他们悍然施放糜烂性毒气。第200师官兵虽有少数中毒，但依然顽强战斗。官兵们与敌人反复冲杀，虽伤亡很大，但士气异常旺盛。到了晚上，东瓜城内第200师阵地仍然没有动摇。敌人无计可施，便派一些士兵伪装成英缅军人及缅甸土人，驱赶着牛羊，暗带枪械弹药，妄图混入东瓜城内，里应外合，消灭第200师。但是这伙人的伪装迅速被200师官兵识破，并被一网打尽，计缴获迫击炮7门、步枪100多支、机枪6挺，还有很多防毒面具。



这天深夜11时，戴安澜师长在桥东的师指挥部。敌人由东瓜东南迂回，越过西汤河东岸，向第200师师部进行突然袭击。第599团第3营特务连与敌人发生混战，激战到29日拂晓以后，在城内指挥作战的步兵指挥官郑庭笈听到西汤河以东炮声隆隆，随即又接到

戴安澜师长的电话，得知敌人正向师指挥部发起攻击。戴师长命令郑庭笈派兵增援。郑庭笈遂派第598团的两个连对来犯的敌人进行东西夹攻。到午后，敌人被迫撤退，增援的2个连与第3营取得了联系。这一天，东瓜城南、西、北三面的敌人，由于受到远征军其他部队的攻击而被牵制，对东瓜的攻击减轻。但从东面对戴师长和师指挥部的攻击依然没有放松，大有切断第200师后路，一举全歼之势。

戴安澜师长率部队坚守东瓜12天，援军不到，补给中断。在这种形势下，远征军如不能迅速集中主力与敌人决战，以解除东瓜之围，反之旷日持久，从仰光登陆的敌人又必然前来支援，必使第200师坐以待毙。假如第200师被消灭，远征军将被敌人各个击破，有全军覆没的危险。

在这进退维谷而又事关重大之际，3月28日，杜聿明通过电台向在重庆的蒋介石报告东瓜的战况，并请求允许200师撤退。可是蒋介石听了，仍是一口咬定："请绝对服从史迪威将军指挥。"

蒋介石的命令，逼得杜聿明只得直言；"史迪威坚持以不足的兵力向日军进攻，是为了得到向英国人讨价还价的本钱。但是，这第200师不是美国人的，而是中国人的……"

远征军炮兵

蒋介石沉默片刻，觉得杜聿明的报告很有道理，终于同意："撤就撤吧，反正没有军队，也就无所谓武器不武器了……"

在第200师指挥部里，戴安澜打开军用地图，仔细研究东瓜城内和周围的地势地貌，思忖着，和部下交谈如何同敌人继续战斗的问题。他身材高大魁梧，光着头，圆圆的面孔。经过十余天的苦战，他的衣服已经很不整齐了，没有戴军帽，上身穿了一件草黄色衬衣，外面套着一件灰色毛绒背心，短裤，系着皮带的腰间别着一支勃朗宁手枪，脚上穿着一双破旧的青布鞋，一讲话还是显得很豪爽，安徽沿江一带的口音时常流露出来。

远征军机枪阵地

正在巷战的远征军

29日拂晓，一阵急促的电话铃声传来，戴安澜静听着杜聿明下达命令：第200师和配属的军部骑兵团、工兵团向叶达西撤退。然后，他提起笔，签发了上级命令的文件。



29日黄昏，第598团7连连长带着两个身穿缅民服装的人，把戴安澜师长的亲笔命令交给步兵指挥官郑庭笈。命令说：奉杜军长令，全师向西汤河东岸撤退，然后转移到叶达西集中待命；撤退由郑庭笈指挥，由他首先派第599团步兵营通过西汤河大桥向敌人实施佯攻，同时掩护第598、第600两个团渡过西汤河，车辆经毛奇公路退回，主力撤出东瓜以后，破坏西汤河大桥。

东瓜城内的第200师官兵接到命令以后，当夜便秩序井然地迅速撤出阵地。戴安澜师长亲自前往西汤河防线，指挥守城部队撤退。到30日拂晓，全师官兵包括担架上抬的伤员，全部渡过西汤河。敌人毫无察觉，以为第200师仍然困守这座空城，步兵、炮兵、空军联合向城内大举进攻，弹如雨下。这时，第200师牵制敌人的小部队也已安全渡河，敌人炮击多时，不见城内任何反应，这才发现眼前的这座东瓜城已经是一座空城。

30日上午8时，戴安澜将军在师指挥部的一间草棚内见到了郑庭笈。他紧紧握住郑庭笈的手，心情激动得不知说什么才好。过了一会儿，他才对郑庭笈解释说：我师后方补给线已经中断，如果再这样旷日持久地坚守据点，则从仰光登陆的敌人第五十六师团势必参加东瓜战斗。如不及时撤退，第200师有全军覆没的危险呀！郑庭笈不住地点着头，十分同意戴安澜的看法。

戴安澜师长是最后一个离开东瓜的，他到达叶达西的时候，受到先期到达那里的第200师官兵的夹道欢迎。组织这次欢迎的是军长杜聿明，他站在队列的最前头。戴安澜紧握着杜聿明的手，十分难过地说："东瓜会战未成，又放弃了这一重镇，既不能达到收复仰光的目的，反使日军可以向我军后方长驱直入，往

后的仗更难打了！”杜军长压低嗓门对他说：“仗打得是好的，委员长要单独召见你！”

3月31日到4月2日，第200师官兵在三街衙、巴城集结整训。在这里，戴安澜师长对在战斗中负伤仍不退却的官兵，进行表扬和奖赏，并号召广大官兵不骄不馁，做好准备，迎接新的大战。



在保卫东瓜的战斗中，戴安澜亲自指挥200师这一劲旅，深入缅境，在没有空军协同作战的情况下，同数倍于己、配备步兵特种兵和空军的日军第五十五师团苦战了12天，不但掩护了英军第1师安全撤退，而且争取了时间，歼敌数千人，在中国军队远征史上写下了光辉的一页，在国内外引起了强烈的反响。

驻缅甸远征军正在进行武器讲解

3月29日，蒋介石驰发“寅艳奖电”，嘉许戴安澜挥师保卫东瓜的战绩……

4月5日，蒋介石再度入缅，视察抗日战局。第二天，到达梅谋。夜色已浓，戴安澜应召驱车抵达这里。蒋介石让他坐下，要他汇报保卫东瓜的经过。戴安澜简要汇报以后，蒋介石十分满意，频频点头，并说：方才得到消息说，占领东瓜的日军在清理战场时，在一堵颓垣附近发现了第200师的二十几具士兵尸体。他们起初很奇怪，为什么不退到颓垣后面去作战呢？以后想通了，就把这些尸体集中起来，按照他们的仪式安葬了，还立上了写有“支那勇士之墓”的墓碑！中国军队的黄埔精神终于战胜了日本军队的武士道！接着，他嘱咐戴安澜加紧整理部队，准备参加平满纳大会战。当天，蒋介石留戴安澜一同进餐，晚上还安排戴安澜住在与他仅有一墙之隔的卧室里，以表示慰问和勉励。

4月7日，蒋介石在梅谋举行军事会议，中英双方的高级将领参加。戴安澜报告了东瓜战役的经过。英军将领听了以后，异口同声表示赞许。

东瓜保卫战以后，伦敦《泰晤士报》发表文章，评论缅甸战局，对中国远征军英勇作战、保卫东瓜，倍加赞扬。《泰晤士报》记者宣称："东瓜之命运如何，姑可不论，但被围守军，以寡敌众与其英勇作战之经过，实使中国军队之光荣簿中增一新页云。英方各界对于华军敢死，像以手榴弹消灭敌坦克车之壮举，以及华军射击敌人之准确，无不同声赞扬。"

美国军方认为，东瓜保卫战是"所有缅甸保卫战所坚持的最长的防卫行动"，为第200师及其指挥员"赢得巨大的荣誉"。他们把这一战役和这种高度评价，载入了美国战史中缅印战区的史册。

远征军炮兵正在训练

## 戴安澜记述东瓜保卫战（1942年日记）

三月二十二日至四月一日合记

昨夜因上令死守孤城，援军根本不至，为了恪尽职责，准备战死于同古（即东瓜），写遗嘱两通，饬车夫及副官先到安全地点等候，因决心死矣，故不作日记，自二十九日突围，遂将此中经过补记之。

自二十二日起敌即进攻阿克春（即鄂克温）前进阵地，守该处者为吴营志坚，赵团附立斌。激战两日，毙敌甚多，战绩极好。二十四日敌

远征军正在用机枪攻击百米外的日军

## 拓展阅读 TUOZHAN YUEDU

以步骑炮断我北方后路。遂撤回阿克春谭吉宾前进阵地，专守同古。二十五夜敌大举进攻，是夜同古城不守，遂撤至城外街市与敌相持，激战至二十八，阵地屹然不动，二十八夜敌以步骑炮攻击余之指挥所，鏖战一夜，拂晓奉命转移阵地，余亲往河防指挥守城部队撤退，三十日到卡温江（即萨尔温江），三十一日到达三街衙，一日仍在三街衙收容，堂堂之同古战役，遂告结束矣，所可憾者，本可打胜仗，而转为败仗耳，此役之教训有三：甲、终日不见援军来。乙、余之态度略欠稳定。丙、官兵确愈战愈强。至敌之战法，则推陈出新，应予补记，或专记之。

## 东瓜保卫战中的戴安澜

东瓜是南缅平原上一座小城，又译作同古，距仰光260公里，扼公路、铁路和水路要冲，城北还有一座克容冈军用机场，战略地位十分重要。著名的东瓜大战就在这里拉开序幕。

20日，戴安澜指挥第200师与日军第五十五师团在东瓜城外发生激战。至29日，日军攻势渐呈衰竭，前线阵地出现少有的平静气氛。正在这时，在缅甸的英国军队在尚未通知友军的情况下，仓皇撤退，把戴安澜部的侧翼暴露给日军，而日军增援部队第五十六师团已经星夜兼程赶到东瓜！紧急之中，戴安澜给杜聿明发电：

“杜军长副司令长官台鉴：敌与我接触战自十九日，激战至二十八日，凡十余日矣。我已濒弹尽粮绝之境，官兵两日无以果腹，仍固守同古铁路以东阵地……自交战之初，敌势之猛，前所未有，尤以二十四日至今，敌机更不断轰炸，掩护其战车纵横，且炮兵使用大量毒气弹，昼夜轮

## 拓展阅读 TUOZHAN YUEDU

番向我阵地进攻……援兵不至，我虽欲与同古城共存亡，然难遏倭寇之凶焰……何益之有？”

日军突入东瓜城内，将第200师分割开来；另一部日军占领西汤河以东阵地，掐断了200师往东突围的最后一线希望。此时，戴安澜亲自指挥部队在城内各交通要道修好坚固的堡垒，轻重武器组成交叉火力网，打退日军进攻。他和参谋、后勤人员也拿起武器，参加战斗。当日下午，日军再次逼近师指挥部，戴师长指挥特务连与之激战，至傍晚将其击退。29日，戴安澜率200师开始突围。撤退前，戴安澜命令步兵指挥官郑庭笈对日军实施佯攻，撤退后仍留少数部队牵制日军。30日，牵制日军的小部队也安全渡河，全师而归。

至此，东瓜保卫战终于以中国军队主动撤退宣告结束，而日军只获得一座空城。

# 血战棠吉

历经东瓜保卫战而疲惫不堪的第200师，经过几天的休息整训以后，根据上级的部署，4月9日，在戴安澜师长的率领下离开叶达西，11日到达平满纳，准备在这里与敌人会战。

在平满纳，戴师长召开连以上干部会议，研究步兵、战车、炮兵在将要进行的平满纳会战中，如何协同作战的问题，同时进行了地形现场观察，确定了各兵种的攻击准备位置和攻击路线，以及步兵、炮兵到达后炮兵的延射目标等。4月16日，第200师进入进攻

远征军进行高射炮射击训练

准备位置。第5军军长杜聿明也到达平满纳，准备和各师官兵一起组织会战，夺取重大胜利。

可是由于西路的英军已退到平满纳右后方约200公里的仁安羌以北地区，东路的沿萨尔温江布防的英军又失去联系，处于中路的200师有被东西两路敌人截断后路、包围歼灭的危险，因而国民党军事委员会驻滇参谋团团长林蔚、中国战区参谋长史迪威和远征军司令长官罗卓英决定放弃平满纳会战，但仍将第5军和第66军分布于平满纳至曼德勒长达300公里的公路线上，准备曼德勒会战。杜聿明对此部署竭力反对，认为这样兵力分散，既不能攻，又不能守。不应再作无准备的曼德勒会战，而必须集中兵力保全棠吉和梅谋，因为这两地是腊戍战略要地的门户。



4月19日午后，史迪威和罗卓英根据英国方面提供的情报，说克遥克柏当发现3000多敌人，命令第200师火速开往那里，向敌人发动攻击。杜聿明根据掌握的情况判断英方情报没有根据，主张第200师不去克遥克柏当而东征棠吉、梅谋，确保腊戍，以防止敌人切断远征军的后路。杜聿明一再说明，即使仁安羌有敌人，也不应置棠吉的危急于不顾，全局要紧。倘棠吉、腊戍有失，远征军将一败涂地。史迪威、罗卓英一意孤行，一定要杜聿明派第200师西去，否则以抗命论处。杜聿明无可奈何，接受了命令，但向戴安澜布置任务时依然打了折扣，只叫戴师长率第200师第599、第600两团，驱车急驰克遥克柏当。两团人马到达该地区后，果然没有发现敌人。这时，杜聿明急忙找到罗卓英，决定第200师人马由克遥克柏当和密特拉星夜赶往棠吉。杜聿明回到军部，命令郑庭笈马上用汽车把第598团运往棠吉，命令戴安澜师长从克遥克柏当率领第599、第600两团向棠吉赶去，同时命令军骑兵团向棠吉搜索前进。

由于史迪威、罗卓英的错误指挥，把第599、第600两团调去克遥克柏当扑空，而未能让他们固守棠吉和梅谋，确保腊戍，结果日军第五十六师团乘虚北进，经毛奇、雷列姆到达腊戍，轻易占领了这一战略要地，

远征军重机枪向日军猛烈开火

形成对远征军的大包围。4月23日午后，第598团到达离棠吉15公里的黑河的时候，即与敌人遭遇，经猛烈攻击，将敌人击退。第599、第600两个团在戴师长率领下，从克遥克柏当日夜兼程赶往棠吉，经过3天的艰苦行军，4月20日，抵达棠吉城郊，可惜，敌人已乘隙于前一天进占了棠吉。



面对已经失去的棠吉，第200师官兵并不气馁，他们决心收回这个城市。棠吉地处高山，仰攻相当困难。25日拂晓，第600团沿公路向棠吉攻击前进，第599团从侧面高地包围棠吉的侧背。经过十几小时的激烈争夺，这天下午4点，第599团1营已经占领棠吉到雷列姆的公路，2营、3营已经占领了棠吉四周的高地，完全控制了堂吉城。第600团攻进城内，无比英勇，与敌巷战。在远征军装甲部队火力掩护下，到黄昏时分克复了棠吉，第598团对城内残敌进行了扫荡；到深夜在棠吉东南隘路凭险据守在建筑物内的敌人也被肃清。在争夺棠吉的战斗中，戴安澜师长亲临前线，同官兵一道进行血战，他的随从副官孔德宏负伤，卫士樊同祥牺牲，他本人也几次处于极其危险的境地。战斗的激烈，可想而知。

棠吉克复以后，蒋介石对第200师入缅后的战功嘉许备极，颁发奖金100万元进行犒赏。罗卓英司令长官也颁发奖金50万元。这个师的官兵英勇善战，很得史迪威将军的赞誉，说："近代立功异域，扬大汉之声威者殆以戴安澜将军为第一人。"

第200师攻占棠吉以后，杜聿明计划向雷列姆攻击前进，以切断向腊戍北犯的敌人后路；同时，林蔚也电令杜聿明："腊戍之安危，系于吾兄一身，望不顾一切星夜向敌人攻击。"然而，罗卓英却连下4道命令，要杜聿明集中兵力，准备所谓"曼德勒会战"。杜聿明迫于命令，只得下令200师转移，攻占仅1天的棠吉便自动放弃了。

敌人五十六师团经雷列姆大胆向北进攻，28日占领腊戍，5月3日又攻陷畹町，先头部队已进犯我国境内100多公里，到达怒江畔惠通桥。4月29日，当敌人一部兵力及战车由腊戍西南的细包向曼德勒扑去的时候，敌人已完成对远征军的战略包围。罗卓英惊慌失措，30日急令驻曼德勒的中国远征军各部队向伊洛瓦底江西岸退却，并进而往北，向八莫、密支那撤退。自此中国远征军陷入了惨败的境地。戴安澜师长和他的部队不得不忍辱负重，艰难举步，向北撤退，再撤退……

## 收复棠吉

1942年4月24日，戴安澜在奉命收复棠吉的战斗中，亲临前线指挥。战斗异常激烈，随从副官受伤，卫士牺牲。战至午夜，棠吉被攻克。

捷报传来，不仅给中国远征军以极大的鼓舞，而且也使东线战局的转危为安有了希望。戴安澜的名字再次出现在中国、美国和英国的各家报纸上。

拓展阅读 TUOZHAN YUEDU

## 戴安澜的话

◎人我之际要看得平，平则不忮；功名之际要看得淡，淡则不求；生死之际要看得破，破则不惧。人能不忮不求不惧，则无往而非乐境而生气盎然矣!

◎为政不在多言，要能幼有所教，壮有所归，老有所养。

◎要忠于国家忠于职务，要战必胜守必固，要廉洁自爱，自重重人。

◎做人做官，而知识不如人，则危险实芸。

◎要知人善任，树真理之风气。

◎要树立远大的抱负，养成求学嗜好。

◎我们军人的责任就是保国为民。

◎凡败战，非器之罪，乃人之罪也。要转败为胜，非有训练之指挥官，以后才有强悍之军队。

◎长兵要短用，短兵要长用；低兵要高用，高兵要低用。

## 中国远征军牺牲的军职以上将领

凌泽民，陆军少将，第96师288团团长、腊戍警备副司令。1942年4月牺牲于缅甸满纳。

柳树人，陆军少将（追授），第5军200师599团团长，1942年5月牺牲于缅甸。

戴安澜，陆军中将（追授），中国远征军第200师少将师长，1942年5月26日牺牲于缅甸茅邦村。

闵季连，陆军少将（追授），第36师副师长兼政治部主任，1942年牺牲于云南保山。

胡义宾，陆军少将，第5军96师副师长，1942年6月27日牺牲于缅甸埋通。

李竹林，陆军少将，滇缅警备司令、远征军兵站参谋长，1943年夏牺牲于缅甸。

陈范，陆军少将，远征军司令长官部高参，1944年1月31日牺牲于缅甸。

张剑虹，陆军少将，第5军高级参谋，1944年1月31日牺牲于缅甸。

拓展阅读 TUOZHAN YUEDU

洪行，陆军中将（追授），第6军新39师副师长，1944年12月17日牺牲于云南龙陵。

李颐，陆军少将（追授），第6军预备第2师第5团上校团长。1944年牺牲于腾（冲）龙（陵）战役中。



覃子斌，陆军少将（追授），第54军198师594团上校团长。组建“华夏敢死队”与日军一四八联队第一大队长吉原少佐“战神冲锋队”于高黎贡山冷水沟对决。1944年5月11日，大反攻渡江后助攻北斋公房时牺牲。

# 马革裹尸

腊戌被日军占领以后，缅甸局势急转直下。魏菲尔上将下令总退却，日军却猖狂进逼。史迪威5月3日得知腊戌失陷、畹町危急、八莫受逼，遂决定退入印度。第二天，即离开卡萨转去印度。史迪威同罗卓英原来商定，由罗卓英留下来处理善后事宜，组织撤退，但仅过了一天，罗卓英就弃军入印了。这时，中国远征军10万人马群龙无首，陷入敌人的战略包围之中，形势十分危急。

第200师放弃棠吉之后，立即北进，赶到雷列姆。当天晚上，戴安澜召集会议，研究是东进景东还是北进南伦的问题。

4月26日，戴安澜奉命放弃棠吉，向国境撤退。此时，第200师前后都是敌军。若要突破敌人重重包围北撤回国，必须通过三条公路、两条河流，行程极为艰难。当时缅甸又适逢雨季，终日大雨滂沱，蚂蚁、蚊虫肆虐，瘟疫、烟瘴蔓延。吃够第200师苦头的日军，对第200师恨之入骨，极欲置其于死地。日本广播不断地说："要奠定东亚和平，非消灭第5军，尤其是200师不可。"

当时，敌第五十六师团以腊戌为基地，用百余辆装甲车、汽车组成快速纵队，沿滇缅公路向北进发，风驰电掣般地向前推进。他们以狼奔豕突的姿态突破我国国界，渡过怒江，窜入滇西，震动昆明。日军一部占领密支那，从而破坏了第200师原定在八莫——密支那一线突围回国的计划。

第200师北进的线路，山势崎岖，森林密布，没有道路，缺乏给养，敌人又设置了一道道封锁线，全师官兵以无比坚强的毅力同困难进行斗争。每通过一道封锁线，均需与敌人展开血战，每渡过一条大河都要付出艰苦的努力。南渡河是撤退时穿过的第一大河，河面宽约10米，水流湍急，难以徒涉。官兵们到达渡口以后，根据戴师长的命令，伐木编排。仅用1天时间，全师胜利渡过河去。以后每通过一道河川、公路，都是白天派人化装成缅民，先到指定地点做好准备，夜间行动；到达指定地点后，先由侦察部队占领掩护阵地，然后部队迅速通过；经过路口时，由各连互派联络兵，负责传递信号，指导行动方向。就这样，全师顺利通过了腊戌到曼德勒的公路。第200师官兵在没有道路、没有给养、没有水喝的艰苦环境中，躲过敌人飞机的盘旋搜索，战胜敌人沿途的伏击，迅速向国境撤退。

戴安澜率领全师官兵冲过日军设置的一道道封锁线，躲过了敌机的盘旋搜索，摆脱了敌人的一次又一次的伏击，爬山越岭，穿过亚热带原始森林，忍饥挨饿，一步一步地向国境靠近。

5月18日夜，戴安澜率第200师官兵撤至腊戍西南侧的朗科地区，此地离国境线大约有150公里的路程，再过三五天就可以回国了。然而，就在戴安澜率部通过细（包）摩（谷）公路的时候，与埋伏在那里的日军第五十六师团两个大队遭遇，一场激烈的战斗打响了。戴安澜指挥部队仓促应战，经过一昼夜的混战，戴安澜部队终于突围。

这场战斗，第200师损失惨重，第599团和600团，各只剩下一营兵力，其中第599团团长柳树人、副团长刘杰同时阵亡。激战中，戴安澜胸、腹部各中一机枪子弹，倒在路旁草丛中，血流不止，伤势极为严重。他自知不起，当众留言：如他殉职，由师步兵指挥官兼第598团团长郑庭笈带领部队，返回祖国。

戴安澜负伤以后，惊闻我国云南龙陵被敌人占领，回国杀敌的心情更加迫切，他命令部队日夜兼程，火速返回，不要因他的伤势而行动迟缓。这时，部队的粮食早已断绝，只能寻找野菜、野果充饥。戴安澜身体十分虚弱，一位营长设法向当地居民求得一碗米粥，戴安澜只喝得一口，望着身边饥肠辘辘的官兵们，伤感地说："我怎么能忍心一个人独吃呢?"说着，热泪夺眶而出。部队不仅没有粮食，没有药物，甚至连药棉也没有。戴安澜的伤口溃烂，无法治疗。戴安澜虽然痛苦万分，胜利信念仍然不减，屡次询问离国境还有多远，询问敌我双方交战情况，勉励部属努力杀敌，报效祖国。

5月26日，第200师行至缅甸北部茅邦村，距离敌人已远，而离国门日近。这时，戴安澜师长一面庆幸全师生还，一面感到自己生时有限，于是嘱咐部下帮助他整理一下衣冠，从担架上扶起他。他深情地向北瞭望凝视，嘴里喃喃地说着："反攻！反攻！祖国万岁……"他是那么惦念生他养他的祖国和人民，他是那么希望能够恢复健康去为保卫自己的祖国而再同日寇作殊死的战斗，他是那么希望能再纵情地饱览祖国的山山水水，然而他已经没有力气，支持不住了。卫士们扶着他，重新卧倒在担架上。下午5时40分，在第598团驻地，戴安澜将军的心脏停止了跳动。时年38岁。他临终遗嘱部下，一定把他的遗体带回祖国安葬！



戴安澜将军壮烈殉国，全师官兵悲恸异常，泪流满面。郑庭笈命工兵伐一巨大的百年老树，制成巨棺，全师官兵扶棺前进。

5月29日，第200师到瑞丽江后，因天气炎热，戴师长遗体难以保存，郑庭笈万般无奈之际，只好下令将遗体和棺木一起火化，并亲手将遗骨一一拣起，用白布包好，装在木匣里，以马驮载行军，再现了当代“马革裹尸”的壮举。

6月2日，历尽艰辛的第200师幸存官兵，终于跨过国境线，回到了祖国。全师官兵无不悲喜交集，痛哭失声。

戴安澜将军灵柩运回国内后，国共两党都举行了隆重的悼念仪式。国共两党的领袖人物都送了花圈、挽诗和挽联。

远征军在丛林中

毛泽东的挽诗为：

**海鸥将军千古**

——挽戴安澜将军

外侮需人御，将军赋采薇。

师称机械化，勇夺虎罴威。

浴血东瓜守，驱倭棠吉归。

沙场竟殒命，壮志也无违。

周恩来的挽联为：

黄埔之英　民族之雄

为褒扬烈士，1942年10月，国民政府追授戴安澜师长为陆军中将。美国政府为了表彰戴安澜在缅甸战役中所做出的巨大贡献，由罗斯福总统签署命令，特向他颁授一枚懋绩勋章。戴安澜将军是第二次世界大战中第一位获得美国勋章的中国军人。

新中国成立后，中央人民政府追认戴安澜为革命烈士。安徽芜湖修建了烈士陵墓，供后人瞻仰。

戴安澜将军发扬黄埔精神，统帅部属驰骋疆场，扬威异域，与日本侵略军进行了殊死的拼搏，为驱除敌寇，卫我中华，奉献出了自己年轻而宝贵的生命。他的英雄业绩，将永远激励着我们为祖国的繁荣富强而不懈努力。

拓展阅读 TUOZHAN YUEDU

## 戴安澜殉国

1942年5月18日黄昏，第200师官兵隐蔽运动至腊戍西南侧的朗科地区，离国境线只有一百五六十里，回国的路程十分已走完九分。

夜里11时，部队隐蔽接近腊戍西侧细包至摩谷公路。这是归国途中要穿越的最后一条公路。埋伏在这里的日军突然开火。据幸存的戴安澜作战秘书张家福少校回忆，突围时戴安澜师长走在最前面，周维汉参谋长走在第二，战士们跟在后面。近在咫尺的敌人发现了他们，戴安澜师长胸、腹中枪，倒在草丛中流血不止。身后的参谋长毕业于日本士官学校，会日语，他和日本人喊话，日军以为是自己人，第200师才得以乘隙突围。

5月下旬已是缅甸的雨季。终日大雨滂沱，林中满地沼泽，道路泥泞，行进尤为艰难。部队不仅断粮，更没有药，连块干净的绷带也没有。连日大雨，加上蚊子叮、蚂蟥咬，戴安澜

身上的伤口，感染、溃烂、化脓，还长了蛆。

5月26日，第200师残部行至缅甸北部的茅邦村。此地离国境不过三四十里地，可戴安澜已经心力交瘁，几次昏厥。下午5时40分伤重去世。

第200师官兵按照戴安澜的遗愿，一路上将他的遗体抬回国内。不久，将军的遗体开始高度腐烂，官兵们不断把军装脱下来裹在将军的遗体上，裹尸的军装什么军衔都有，有士兵的，有尉官的，也有校官的……

## 万人国葬

1942年10月16日，当时的国民政府追授戴安澜为陆军中将。1943年4月1日，在广西全州香山寺隆重举行了万人国葬。蒋介石献挽联："虎头食肉负雄姿，看万里长征，与敌周旋欣不忝；马革裹尸酬壮志，惜大勋未集，虚予期望痛何如？"

拓展阅读 TUOZHAN YUEDU

## 美国总统罗斯福的授勋令

1942年10月29日，美国政府为表彰戴安澜将军在第二次世界大战中做出的巨大贡献，颁授懋绩勋章一枚。美国总统罗斯福在签署的命令中说：

“中华民国陆军第200师师长戴安澜将军，于1942年同盟国缅甸战场协同援英抗日时期，作战英勇，指挥卓越，圆满完成所负任务，实为我同盟国军人之优良楷模。”

## 戴安澜烈士墓



1942年戴安澜将军灵柩运回国，先在广西全州厝葬，后因日寇进占广西，1944年移葬于贵阳花溪河畔的葫芦坡。1947年，灵柩始运抵芜湖，暂厝体育场，墓地择定小赭山，以让将军隔江遥望家乡。1948年5月3日举行灵柩引发典礼，当时的国民政府国防部特派司令长官杜聿明来芜湖主祭，装甲兵总司令徐庭瑶和整编

第88师师长马师恭及许多地方军政官员陪祭。

为纪念戴安澜将军，芜湖市人民政府于1979年重新整修了墓地，并树立了石碑。左碑铭刻毛泽东、周恩来、朱德、彭德怀、邓颖超等先辈当年题赠的挽诗、挽联、挽词；右碑是将军生平简历；中碑是王昆仑所题“戴安澜烈士墓”。墓区林木茂盛，松柏常青，瞻仰的人们，终年不绝。

# 中华魂·百部爱国故事丛书
# 提 要

## 《誓与禁烟相始终——民族英雄林则徐》

林则徐严禁鸦片，坚决抵抗西方列强的侵略，坚持维护国家主权和民族利益。他是中国近代历史上第一位睁眼看世界的人，是抗击帝国主义殖民侵略的第一人，是中华民族抵御外侮过程中伟大的民族英雄。

## 《血洒虎门御敌寇——抗英将军关天培》

民族英雄关天培，在第一次鸦片战争中为了抗击英国侵略者的入侵而血洒虎门，为国捐躯，谱写了一曲可歌可泣的英雄赞歌。关天培用他的生命，书写了中国人民反抗外侮的历史。



## 《威震镇海靖节魂——抗敌英雄裕谦》

在第一次鸦片战争期间的众多牺牲者中，有一位官阶最高，他就是两江总督裕谦。裕谦与外国侵略者斗争立场坚定，与国内妥协派、投降派斗争态度坚决。裕谦督战镇海，与英国侵略军浴血奋战，临危不惧，以身报国，浩气长存。

## 《斩邪留正解民悬——太平天国领袖洪秀全》

农民出身的洪秀全，从失意文人到起义领袖，经历了长期的思想演变过程，在外敌入侵、清朝政府腐朽的历史环境之下，顺应时代的潮流，成长为一位非凡的历史英雄人物，建立了与清朝政府相抗衡的农民政权——太平天国。

## 《仰承汉唐　荟萃中外——近代数学家李善兰》

李善兰是我国19世纪重要的科学家之一，在数学、天文学、力学等方面都有重大建树。他继承了我国古代数学的成就，又以极大的热情传播西方科学文化，“仰承汉唐，荟萃中外”，把自己的一生献给了科学事业。

## 《严谨治学　勇于探索——近代著名数学家华蘅芳》

华蘅芳，中国近代数学家之一。其精通中国古算学，并熟练掌握西方近代数学，是中国验证抛物线并著书立说的参与者。为了证明“外国有的，中国也能造”而鞠躬尽瘁，在引进西方科学技术、传播科学知识上贡献卓著。

## 《折冲樽俎护山河——近代著名外交家曾纪泽》

曾纪泽是中国近代史上著名的爱国外交家，在中俄伊犁交涉事件中，他秉承抵抗列强、保卫国家的坚定意志，利用外交手段全力同沙俄抗争，捍卫了国家主权、民族尊严，收回了祖国的领土，在近代中国外交史上留下了光辉的一页。

## 《甲午海战留英名——民族英雄邓世昌》

邓世昌，北洋水师名将。本书以邓世昌的成长过程为线索，以代表性的历史故事为主要内容，还原真实的历史事件，突出鲜明的人物性格。邓世昌因在中日甲午海战中突出的英雄气概而名垂史册，书写了伟大的爱国主义篇章。

## 《誓与舰队共存亡——北洋水师提督丁汝昌》

丁汝昌处在清朝政府的腐朽和李鸿章的专断下，难以施展爱国的抱负，壮志未酬，愤恨而终。但丁汝昌为建立近代海军作出的巨大贡献，带领北洋舰队爱国官兵勇抗强敌的英雄事迹，将永远为后代所传颂。

## 《镇南关上凯歌扬——抗法老英雄冯子材》

1885年中法战争中，年逾古稀的冯子材为抵御外国侵略，勇赴国难，大败法军于镇南关，并乘胜追击，接连收复文渊、谅山等地，从根本上扭转了中法战争的局面，成为近代民族英雄的杰出代表。

### 《屡败法军逞英豪——黑旗军将领刘永福》

刘永福是黑旗军的创建者，是农民出身的杰出军事家、政治活动家。在19世纪发生的援越抗法、中法战争中，他率部与帝国主义侵略者进行了殊死的战斗，建立了卓越的功勋，成为我国近代史上著名的民族英雄，为后世所景仰。

### 《矢志变法强国家——戊戌变法领袖康有为》

康有为是清末民初最有影响力的思想家之一。他领导了中国知识界的启蒙运动，掀起了一场自上而下的政体改革。他最早在中国提出了立宪政体和具体的宪政方案，主张在坚持儒家传统和帝制的前提下，学习西方经验，他的进步思想对近代中国具有深远的影响。

### 《开民智以报国　普新知而图强——戊戌变法思想家梁启超》

梁启超，中国近代史上著名的政治活动家、启蒙思想家、史学家、文学家，戊戌变法领袖之一。本书以百日维新思想家梁启超的成长过程为线索，以代表性的历史故事为主要内容，还原真实的历史事件，突出鲜明的人物性格。



### 《我自横刀向天笑——维新志士谭嗣同》

谭嗣同在民族危机的严重时刻，投身改革救中国的洪流。为了带给祖国一个光明的未来，紧要关头，他挺身而出，用自己的鲜血激励后人，把宝贵的生命献给了变法事业。

### 《睡乡敢遣警世钟——用生命警策国人的陈天华》

陈天华是民主革命的活动家和宣传家。他写的《猛回头》《警世钟》等书，起到了革命启蒙的重大作用。为了激发留日学生的爱国情怀，他不惜投海自杀，演出了近代史上感人至深的一幕，给后人留下了难忘的印象。

### 《革命军中马前卒——民主斗士邹容》

革命乃“至尊极高，独一无二，伟大绝伦之一目的”；它是“天演之公例，世界之公理，顺乎天而应乎人”的伟大行动。因此，必须“仗义群兴革命军”。他激情高呼：“革命独子万岁！中华共和国万岁！”这就是《革命军》的作者，中国近代著名资产阶级革命宣传家邹容。

## 《休言女子非英物——鉴湖女侠秋瑾》

为民族解放和妇女解放而英勇斗争的秋瑾，冲破封建礼教的思想牢笼，打碎封建精神枷锁，崇仰真理，追求光明，主张共和，坚持男女平等，最终献出了自己年轻的生命。

## 《血溅校场　杀身成仁——民主斗士徐锡麟》

本书讲述了反清志士徐锡麟弃文从武、投身反清革命事业，最终被清政府杀害的故事。出于对国家的热爱，徐锡麟献出自己的生命，他的事迹将永远激励后人深切缅怀这位民主革命的先驱。

## 《生可死耳　我志长存——献身民主的禹之谟》

禹之谟，民主革命党人，同盟会会员，近代资产阶级革命家、实业家。1886年，20岁的禹之谟“提三尺剑，挟一卷书”游历四方，研究西方社会政治学说，忧国忧民之心日趋强烈。戊戌变法失败，他丢掉改良幻想，倡革命救亡之说，走上民主革命道路。

## 《物竞天择　适者生存——资产阶级启蒙思想家严复》

严复是中国近代著名的启蒙思想家、翻译家和教育家。他长期从事教育和翻译事业，为近代中国人才培养和思想启蒙做出了重要贡献，同时他也为中国的翻译事业和中西思想文化交流做出了重要贡献。

## 《辛亥革命急先锋——资产阶级革命家黄兴》

黄兴，清末民初资产阶级革命家，中华民国开国元勋。黄兴在武昌首义及辛亥革命时期的爱国表现，与孙中山闻名于当时，常被时人以“孙黄”并称。本书以资产阶级革命活动实干家黄兴的成长过程为线索，歌颂了先辈伟大的爱国主义精神。

## 《矢志革命　百折不回——近代民主革命家廖仲恺》

廖仲恺追随孙中山踏上了创立民国与捍卫共和制的旧民主主义革命

之路；在新民主主义革命时期，他为建立、巩固首次国共合作和实施三大政策，英勇奋斗，为国殉职，洒尽了一腔热血。

**《将军拔剑南天起——护国英雄蔡锷》**

蔡锷是中国近代史上的杰出军事家、爱国者。他的一生短暂而伟大。辛亥革命爆发，他毅然投身于革命洪流之中，领导云南重九起义，对武昌起义积极响应。袁世凯窃国复辟、恢复帝制的阴谋暴露出来以后，他又毅然举起了武装讨袁的旗帜。

**《反帝反封建运动——五四青年的爱国故事》**

五四运动是一次伟大的反帝反封建的爱国运动；是一个伟大的历史转折点；是中国人民的斗争从挫折走向胜利的一个关节点，它为中国的前进开辟了一条全新的道路，拉开了中国新民主主义革命的序幕。

**《思想自由　兼容并包——著名教育家蔡元培》**

蔡元培是中国近现代著名的民主革命家和教育家，一生经历风雨，却始终信守爱国和民主的政治理念，致力于废除封建主义的教育制度，奠定了我国新式教育制度的基础，为我国教育、文化、科学事业的发展做出了富有开创性的贡献。



**《为国家争光　为民族争气——中国铁路之父詹天佑》**

詹天佑是我国最早的杰出铁道工程师，因主持建造京张铁路而闻名中外，被誉为“中国铁路之父”。他为祖国的铁路事业贡献了毕生的精力。本书向读者展示了詹天佑热爱祖国、科技兴国的辉煌人生。

**《实业救国　衣被天下——轻工之父张謇》**

张謇是爱国实业家、教育家。他年轻时中过状元。过了40岁，开始投身工商实业活动中，他的名言是“富民强国之本在于工”。在南通，创办大生丝厂、银行等各种实业。并将创办实业的大部分所得投入教育。他的观点是，教育和实业一样，也是“富强之大本”。

**《心向革命　追求光明——平民将军冯玉祥》**

冯玉祥将军“是一位从旧军人转变而成的坚定的民主主义战士”。

抗日战争期间，他辗转各地，用实际行动积极抗战。日本战败投降后，他为了断绝美国的援蒋内战，又在美国四处演说，揭露蒋介石统治之黑暗，痛斥美国阴谋分裂中国的不良行为。

## 《刑场上的婚礼——革命烈士周文雍　陈铁军》

周文雍是广州起义的主要领导人之一。陈铁军出身于华侨商人家庭，却毅然投身革命洪流。1928年1月，两人接受派遣，回到广州假扮夫妻从事革命斗争，却不幸被捕。临刑前，两位烈士将敌人的枪声当作自己婚礼的礼炮，用生命和爱情谱写出一曲千古绝唱。

## 《星星之火　可以燎原——井冈山斗争的故事》

1927—1929年，毛泽东、朱德等老一辈革命家，在井冈山创建了农村革命根据地，进行了艰苦卓绝的斗争，建立了新型革命武装，点燃了工农武装革命之火，找到了农村包围城市最后夺取政权的中国革命的正确道路。

## 《新民学会的主要发起人——中国共产党早期革命家蔡和森》

蔡和森青年时期曾与毛泽东等人一起组织进步团体新民学会，参加五四运动，并在赴法国勤工俭学时研读大量马克思主义著作，回国后以满腔热忱投身革命事业，成为中国共产党早期重要的理论家和宣传家。

## 《威震黄浦江畔　高奏抗日壮歌——一·二八淞沪抗战》

面对日本侵略者的挑衅，十九路军在蒋光鼐、蔡廷锴的带领下，高举义旗，奋力一搏。一·二八淞沪抗战，是中国军人捍卫军人荣誉和祖国尊严所发出的吼声，谱写了一曲抗击日军侵略的英雄壮歌。

## 《将军恨不抗日死——慷慨就义的吉鸿昌》

在国难深重的20世纪30年代，吉鸿昌将军因拒绝执行国民党指示，坚决不打内战，被迫携眷出国“考察”。回国后，他加入中国共产党，组织了民众抗日同盟军，英勇打击日本侵略者，后于1934年11月被国民党反动派杀害。

**《献身革命　甘于清贫——梅岭忠魂方志敏》**

大革命失败后，方志敏凭着“两条半步枪”起家，身经百战，创建了赣东北革命根据地和红十军。本书真实记录了方志敏投身于革命、领导红军和敌人进行艰苦卓绝斗争的经历，歌颂了烈士贫贱不移、威武不屈、献身革命的高尚品质。

**《奏响中华最强音——人民音乐家聂耳》**

聂耳在他有限的生命中创作了数十首革命歌曲，在抗日救亡运动中，聂耳的这些歌曲产生了广泛深远的影响。他的音乐创作为中国无产阶级革命音乐的发展指明了方向，树立了榜样。

**《横眉冷对千夫指——中国文化革命主将鲁迅》**

鲁迅不但是伟大的文学家，而且是伟大的思想家和伟大的革命家。在那风雨如晦的黑暗年代里，他以笔为投枪，同一切帝国主义和反动派进行了顽强的战斗，为中国人民树立了一个不朽的丰碑。他是新文化战线上的一面光辉旗帜，是我们伟大民族的灵魂。

**《铁流两万五千里——红军长征的故事》**



红军长征是人类历史上的一次伟大的壮举。第五次反“围剿”失败后，中国工农红军的三大主力在极端艰难的条件下，突破国民党军队的围追堵截，进行了史无前例的战略大转移，总行程达两万五千里以上。途中发生了许多动人故事，至今令人难以忘怀。

**《荣辱不移革命志——创建陕北红军的刘志丹》**

刘志丹是杰出的无产阶级革命家、军事家，西北红军和西北革命根据地的主要创始人之一。他一生热爱人民，追求真理，英勇善战，百折不挠，艰苦奋斗，忠心赤胆，为创建红军和革命根据地、为中国人民的解放事业建立了不可磨灭的功勋。

**《英名永存北平城——爱国将领佟麟阁　赵登禹》**

1937年7月28日，日军向北平郊区发动进攻。第二十九军副军长佟麟阁奉命在南苑率部与日军苦战，腿部受伤，头部被敌机炸伤，壮烈殉国。第一三二师师长赵登禹指挥部队顽强抵抗日军，右臂中弹负伤，仍继续作战。后在转移途中遭日军截击而牺牲。

## 《八百壮士　四行仓库铸军魂——谢晋元和他的战友们》

八一三抗战，中国军人以血肉之躯揭开全面抗战的帷幕。这是一场血战，是中国军人不屈不挠的英雄诗篇，其中的八百壮士守四行，成为这首英雄颂歌中最动人、最凄美的音符。一曲四行保卫战，铸就了不屈的军魂。

## 《八女投江　气贯长虹——八位抗联女战士》

抗日战争时期，以冷云为首的东北抗日联军8名女战士，为捍卫民族尊严，面对凶残的日寇，镇定自若，宁死不屈，投江殉国，表现了中华民族同敌人血战到底的英雄气概。她们的光辉形象，激励着千千万万的后来人。

## 《艰苦抗战　威震敌胆——著名抗日英雄杨靖宇》

杨靖宇将军是我国著名的抗日民族英雄。曾先后担任磐石游击队政治委员、东北抗日联军第一军军长兼政委、抗日联军总司令等职。领导军民对日寇坚持了长达9个年头的艰苦卓绝的斗争，最终以身殉国。

## 《死也不当亡国奴——镜泊抗日英雄陈翰章》

陈翰章，从1932年8月投笔从戎，直到1940年12月8日为抗击日本侵略者，战死在镜泊湖畔。他在抗日疆场上奋战了九年，他那可歌可泣的英雄事迹将为人们永世传颂。

## 《名将殉国　气壮山河——抗日将军张自忠》

著名抗日将领、民族英雄张自忠，生于忧患的时代，抱有“宁为百夫长，胜作一书生”的志向，经历过失败与低谷，最终成就了慷慨人生。本书主要以人物活动为主，勾画出一个真正的“民族魂”鲜活的人生，会带给读者振奋的力量。

## 《宁死不辱战士名——狼牙山五壮士》

1941年日寇在河北易县“扫荡”。为掩护群众和主力部队撤退，五位八路军战士毅然把敌人引上了狼牙山棋盘坨峰顶绝路。弹尽粮绝、无路可退，五位英雄纵身跳下了万丈悬崖，用生命和鲜血谱写出一曲惊天地泣鬼神的壮举。

### 《太行浩气传千古——抗日名将左权》

左权，中国工农红军和八路军高级指挥员，著名军事家。是八路军在抗日战场上牺牲的最高指挥员。名将阵亡，太行山为之垂首，全党为之悲痛。周恩来称他“足以为党之模范”，朱德赞誉他是“中国军事界不可多得的人才”。

### 《虎将兴关外　抗倭统雄师——抗联英雄赵尚志》

本书描写了久经考验的共产党员、东北抗联的创建者和主要领导人赵尚志，在艰苦卓绝的条件下，坚持抗战，威震敌胆，战功卓著，忍辱负重，忠贞不屈，为国捐躯的英雄故事，为青少年读者呈上一部爱国主义的佳作。

### 《黄埔之英　民族之雄——抗日名将戴安澜》

抗日名将戴安澜，先后参加保定、漕河、台儿庄、武汉、昆仑关等战役，作战英勇，屡建奇功；入缅作战，“扬威国外，藉伸正义”；守东瓜，复棠吉；殒身缅北，遗恨丛林，马革裹尸，成就了光辉的一生。



### 《爱国志士　民主先锋——新闻出版家邹韬奋》

本书讲述了邹韬奋献身新闻出版事业的奋斗历程，展现了一位新闻工作者坚定的革命信念和炽热的爱国主义精神，全心全意为人民服务、为读者服务的奉献精神，歌颂了他的高尚情操和优良品质。

### 《为抗战发出怒吼——人民音乐家冼星海》

人民音乐家冼星海，青年时期在巴黎求学，饱尝屈辱与磨难；学成后毅然回到多灾多难的祖国，用满腔热忱谱写激昂的音乐，鼓舞中华儿女的斗志；奔赴延安，谱写出不朽的名作《黄河大合唱》，发出中华民族抗日救亡的怒吼。

## 《全民皆兵　抗击日寇——抗日战争的故事》

中国人民进行的十四年抗战，是一百多年来中国人民反对外敌入侵第一次取得完全胜利的民族解放战争。这场战争是以国共两党合作为基础，有社会各界、各族人民、各民主党派、抗日团体、社会各阶层爱国人士和海外侨胞广泛参加的全民族抗战。

## 《捧着一颗心来　不带半根草去——人民教育家陶行知》

陶行知是我国现代教育史上伟大的人民教育家、教育思想家。他从青年起就立志献身教育事业，以“捧着一颗心来，不带半根草去”的赤子之心，为人民的教育事业鞠躬尽瘁。

## 《为民主与和平拍案而起——民主斗士闻一多》

闻一多早年与梁实秋等人发起成立清华文学社。赴美留学期间由对祖国的深深眷恋而创作著名的《七子之歌》。后在西南联大任教8年，积极投身于抗日运动和争取民主的斗争，发表了著名的《最后一次讲演》。

## 《铁窗难锁钢铁心——革命先烈王若飞》

王若飞是我党早期杰出的无产阶级革命家。在艰苦卓绝的斗争中，他出生入死，屡建奇功，以超人的睿智和胆略，在敌人的监狱中，同敌人展开了殊死的较量，为抗战的胜利和新中国的诞生做出了卓越的贡献。

## 《横扫千军　还我河山——抗联名将李兆麟》

李兆麟是东北抗日联军创建人之一，他率领抗日联军历尽千难万险与日本侵略者浴血奋战，在极其艰苦的条件下，保存了抗日联军的有生力量，为东北光复做出了重大贡献。

## 《锄头开出新天地——解放区大生产运动》

为了解决困难，渡过难关，党中央号召党政军民齐动手，开展大生产运动。中国共产党在其控制区域内发动的一场军队屯田和鼓励生产的群众运动，达到了自己动手丰衣足食，共度难关，既进行革命又进行生产自足的目的。

## 《生的伟大　死的光荣——女英雄刘胡兰》

刘胡兰，坚贞不屈的少年女英雄。生前对我国劳动人民的解放事业无限忠诚，在敌人威胁面前，大义凛然，毫无惧色，英勇牺牲，表现了共产党员的高贵品质。

## 《饿死不领美国救济粮——爱国知识分子的楷模朱自清》

朱自清作为爱国知识分子的典型，以锐利的笔锋直言痛斥反动政府的暴行，体现了他崇高的爱国情怀和不畏恶势力的精神品格。毛泽东曾给朱自清先生以高度评价："一身重病，宁可饿死，不领美国的'救济粮'"，"表现了我们民族的英雄气概"。

## 《为了新中国前进——舍身炸碉堡的董存瑞》

伟大的英雄，中国人民的儿子董存瑞，从儿童团长成长为一名光荣的解放军战士，在1948年解放隆化县城时，舍身炸碉堡，为新中国献出了自己年轻的生命。他的英雄形象永远留在人民心里。

## 《宁死不屈的共产党员——革命烈士江竹筠》

江竹筠，就是著名的江姐。1947年春，她负责《挺进报》工作，只几个月的时间，报纸就发行到1600多份，引起了敌人的极大恐慌。由于叛徒出卖，江姐不幸被捕，惨遭毒刑的残酷折磨，仍坚贞不屈。最后被特务秘密枪杀，年仅29岁。



## 《抗美援朝　保家卫国——志愿军的战斗故事》

抗美援朝战争是中国人民志愿军为援助朝鲜人民、保卫祖国安全，与美国为首的"联合国军"发生的战争。在朝鲜牺牲的志愿军烈士们，他们英勇的战斗事迹、保家卫国的精神值得我们发扬光大。

## 《上甘岭上壮烈歌——黄继光和他的战友们》

在1952年10月的上甘岭战役中，黄继光和他的战友们在零号阵地半山腰被敌机枪火力点压制，此时，黄继光身上已经多处负伤，手雷也已全部用光。为了完成任务，减少战友的伤亡，他用自己的胸膛堵住正在扫射的敌机枪射孔，为反击部队扫清了前进的道路。

《诗书印画　全入神品——国画大师齐白石》

齐白石出身贫寒，做过农活，当过木匠，后改学雕花木工，从民间画工入手，摹古人真迹，学诗文书法，融汇古今，而诗、书、印、画俱佳；他将中国画的精神与时代的精神统一得完美无瑕，使中国画得到国际的重视，无愧于“国画大师”的称号。

《毕生为文化而奋斗——中国第一出版家张元济》

张元济参与、主持和督导商务印书馆近六十年，使其从简单的印刷企业转变为当时中国教育出版的旗帜。张元济一生爱书，在中华大地动荡不安的年代里，他用自己对文化的热爱，续存着中华民族灿烂悠久的文明之光。

《独树一帜　梨园大师——著名京剧表演艺术家梅兰芳》

梅兰芳，京剧大师，演唱风格独树一帜，世称“梅派”。曾先后赴日本、美国、苏联演出，并荣获美国波摩那学院和南加州大学的荣誉文学博士学位。作为一位爱国者，抗战期间蓄须明志，拒绝为日本人演出，为后世称颂。

《华侨旗帜　民族光辉——爱国侨领陈嘉庚》

陈嘉庚是著名的爱国华侨领袖、企业家、教育家、慈善家、社会活动家。他为辛亥革命、民族教育、抗日战争、解放战争、新中国的建设做出了卓越的贡献。生前被毛泽东誉为“华侨旗帜、民族光辉”。

《向雷锋同志学习——伟大的共产主义战士雷锋》

雷锋，一个平凡而伟大的共产主义战士，一心向着党，一生秉承着全心全意为人民服务、无私奉献的崇高思想；发扬刻苦学习和钻研理论的“钉子”精神；坚持勤俭节约、艰苦奋斗的优良作风。毛泽东为其题词：“向雷锋同志学习。”

《人民的好公仆——县委书记的好榜样焦裕禄》

焦裕禄，被誉为县委书记的好榜样。他用自己的革命精神，展开了与大自然、与社会落后现象、与病魔的多重抗争，让我们领略到一个共产党人的生之伟大、死之壮美的人格品质和具有现实教育意义的精神魅力。

## 《文学巨匠 京味大师——人民作家老舍》

老舍是我国现代小说家、文学家、戏剧家。他用融入骨髓的真诚文字反映生活的喜怒哀乐。老舍的一生，总是在忘我地工作，他是文艺界当之无愧的“劳动模范”，生前被北京市人民政府授予“人民艺术家”的称号。

## 《革命老人——无产阶级教育家徐特立》

徐特立是一代伟人毛泽东的老师。他出生在贫苦家庭，大部分时间生活在动荡艰苦的年代；他刻苦勤奋，不畏艰辛，追求光明，一生勤俭，为革命培养了大量的人才；他对党和人民任劳任怨，鞠躬尽瘁。他坎坷奋斗的一生，留下了许多可歌可泣的故事。

## 《人生能有几回搏——新中国第一个世界冠军容国团》

容国团先后担任中国乒乓球队运动员、女队主教练。获得1959年男子单打世界冠军；1961年夺得男子团体世界冠军；作为中国女队主教练，1965年率女队第一次夺得女子团体世界冠军。他的“人生能有几回搏”的豪言，举国传诵。



## 《石油工人一声吼 地球也要抖三抖——铁人王进喜》

王进喜，新中国第一批石油钻探工人。他为祖国石油工业的发展和社会主义建设立下了不朽的功勋，在创造了巨大物质财富的同时，还给我们留下了宝贵的精神财富——铁人精神。他被评为“百年中国十大人物”，写入中华民族的光辉史册。

## 《做人民需要我做的事——著名地质学家李四光》

李四光是一位伟大的科学家，他一生从事地质学研究工作，足迹遍布祖国的山川，为祖国探明了许多地下宝藏；他创建了崭新的学说——地质力学；他历尽重重困难，为正确认识地质构造开辟了一条新路。

## 《中国化学工业的先驱——著名化学家侯德榜》

为摆脱纯碱需要进口的窘况，20世纪初，怀着“实业救国”梦想的中国化工先驱侯德榜等人创办了永利碱厂，并立志生产出中国人自己的碱。1926年，永利碱厂终于成功地生产出“红三角”牌纯碱，从此中国制碱业得以跨入世界先进行列。

## 《毕生求是　一丝不苟——著名科学家竺可桢》

著名科学家竺可桢献身科学研究；治学严谨，一丝不苟；一生廉洁，两袖清风；作风民主，爱护学生。他以爱国之心、报国之志，从一个民主主义者逐渐成长为一个共产主义战士。

## 《热爱自然的大地之子——著名植物学家蔡希陶》

蔡希陶，五十载风雨，五十载坎坷，五十载奋斗，五十载开拓，为了发现对人类生产、生活有用的植物及新物种的引进而做出巨大贡献，在中国的植物资源学史上将永远镌刻着他的名字。

## 《高洁无私的襟怀——知识分子的楷模蒋筑英》

蒋筑英是中国当代知识分子的先锋典范，他不为名，不为利，尊重科学；他以坚忍的毅力和顽强的作风，在科学的道路上呕心沥血，鞠躬尽瘁，无私地奉献了青春和生命。

## 《迎接新生命的天使——卓越的妇产科专家林巧稚》

林巧稚是国内外享有盛誉的妇产科专家。在五十多年的医学教育和临床实践中，林巧稚亲自接生了五万多婴儿，治愈了数千病人，培养了数以百计的专门人才，为我国的妇女儿童事业做出了不可磨灭的贡献。

## 《独自成千古　悠然寄一丘——国画大师张大千》

张大千是20世纪中国画坛最具传奇色彩的国画大师，无论是绘画、书法、篆刻、诗词无所不通。在艺术界深得敬仰和追捧，艺术家们用真挚的感情，用绘画和雕塑展现了“张大千”多彩的艺术形象。

## 《建造中国的通天塔——著名数学家华罗庚》

中国当代著名数学家华罗庚，为中国数学的发展做出了无与伦比的贡献，他是中国解析数论、典型群、矩阵几何等多方面研究的创始人与开拓者，也是我国最早将数学理论研究与生产实践紧密结合的科学家。

## 《问鼎长天　强我国威——两弹元勋邓稼先》

邓稼先是我国著名科学家，参加组织和领导我国核武器的研究、设计工作，从对原子弹、氢弹原理的突破和试验成功及其武器化，到新的核武器的重大原理突破和研制试验，作出了重大贡献。是我国核武器理论研究工作的奠基者之一，被誉为“两弹元勋”。

## 《敢叫天堑变通途——桥梁专家茅以升》

中国著名的桥梁专家茅以升从小立志为祖国建造桥梁，经过不懈努力，他不仅设计建造了一座座宏伟壮观、坚固实用的道路桥梁，而且搭建了一座座友谊之桥，为祖国建设作出了卓越贡献。

## 《蘑菇云之梦——核物理学家钱三强》

被誉为“中国原子弹之父”的核物理学家钱三强，更名后立志于科技报国；24岁投师于世界著名核物理学家居里夫妇；与夫人何泽慧合作，发现铀的“三分裂”“四分裂”现象；统领我国的原子大军，做了大量创造性工作。



## 《两离桑梓地　满怀雪域情——领导干部的楷模孔繁森》

孔繁森，是一位一尘不染、两袖清风的好干部。两次进藏工作，历时十载，为西藏的建设、发展和稳定作出了突出的贡献。1994年11月，孔繁森不幸以身殉职。人民群众称他为新时期领导干部的楷模。

## 《摘取数学皇冠上的明珠——著名数学家陈景润》

陈景润是享誉世界的数学家，为了证明“哥德巴赫猜想”，他以惊人的毅力在数学领域里艰苦跋涉，终于攻克了世界著名数学难题“哥德巴赫猜想”中的“1+2”，创造了中国乃至世界数学史上的辉煌。

## 《学术独步　饮誉四海——享有国际威望的科学家卢嘉锡》

卢嘉锡是一位在国际科学界享有崇高威望的物理化学家、化学教育家和科技组织领导者。1945年，卢嘉锡满怀“科学救国”的热忱回到祖国，对中国原子簇化学的发展起了重要推动作用，他所指导的新技术晶体材料科学研究，也取得了重大成绩。

## 《德艺双馨　梨园楷模——著名豫剧表演艺术家常香玉》

常香玉1941年赴陕甘演出。1948年在西安创办香玉剧社。1951年为支援抗美援朝，率剧社巡回西北、中南、华南各地演出，以演出收入捐献“香玉剧社号”战斗机一架，素有“爱国艺人”之誉。

## 《文学大师　激流勇进——著名作家巴金》

本书以巴金生平和主要事迹为线索，回顾和展示现代著名作家巴金的一生，以期让人们看到巴金在这风云变幻的100多年中，有过成功的欢欣，有过屈辱的磨难，有过痛苦的忏悔，有过平静的安宁。巴金的人生，映照着一代中国五四知识分子坎坷而不平凡的命运。

## 《壮心系科学　孜孜为国昌——理论化学家唐敖庆》

本书讲述了唐敖庆从出国求学、学业有成、回国任教，到服从安排、艰苦工作、刻苦钻研，最终成为中国量子化学奠基者的过程。让人们看到了这位著名化学家的赤心爱国、严谨治学、大公无私的崇高品格和科研上的卓越成就。

## 《中国导弹之父——著名科学家钱学森》

当第一颗原子弹升空的时候，当中国的人造卫星奏响《东方红》的时候，当中国运载火箭腾空而起的时候，当中国研制的导弹准确命中目标的时候，人们都会想起他的名字：中国导弹之父钱学森。

## 《中国近代力学的奠基人——著名科学家钱伟长》

钱伟长曾以中文和历史两个100分的成绩考入清华大学。九一八事变后，钱伟长毅然放弃了文科的学习而转为理科。他是中国近代力学、应用数学的奠基人之一，在固体力学、流体力学以及航空航天领域，取得了卓越的成就，为新中国的现代化建设付出了毕生的精力。

## 《中国光学科学的奠基人——著名科学家王大珩》

王大珩是我国著名的科学家，中国光学科学的奠基人。他先在清华就读，后赴英国求学，学业有成，立志科学救国，其成就享誉神州。他以科学的求是精神和赤诚的爱国情怀，探索着中国光学发展的闪光之路。